ज़िद्दी

(उर्दू उपन्यास)

ज़िद्दी

इस्मत चुग़ताई

वाणी प्रकाशन

प्रकाशन के उत्कृष्टतम 61 वर्ष

सजिल्द पहला संस्करण : 2003
सजिल्द दूसरा संस्करण : 2019
सजिल्द तीसरा संस्करण : 2024

vaniprakashan.com

वाणी प्रकाशन
4695, 21-ए, दरियागंज, नयी दिल्ली-110 002
फ़ोन : +91 11 23273167, 23275710

शाखाएँ
अशोक राजपथ, पटना-800 004, बिहार
कॉफ़ी हाउस कैम्पस, महात्मा गांधी मार्ग, प्रयागराज-211 001, उत्तर प्रदेश
महात्मा गांधी अन्तरराष्ट्रीय हिन्दी विश्वविद्यालय, वर्धा-442 001, महाराष्ट्र
sales@vaniprakashan.in
vaniprakashan@gmail.com

Ziddi
by Ismat Chughtai

ISBN : 978-81-8143-065-6
Novel

मूल्य : ₹ 295

जी.एस. ऑफ़सेट, दिल्ली-110 095 में मुद्रित

वाणी प्रकाशन का लोगो मक़बूल फ़िदा हुसेन की कूची से

पूरन

पानी जान तोड़ कर बरस रहा था। मालूम होता था, आसमान में सूराख हो गए हैं। सच भी है कब से तना खड़ा है, सड़ गल कर सूराख हो जाना क्या तअज्जुब? कई रात बरसता रहा और सुबह से बरस रहा था। जोर-जोर से गोया भर-भर समन्दर पानी के कोई पूरी ताकत से जमीन पर पटख रहा हो। दीवारों के घर तो कभी के पानी के तमाँचों से बेदम होकर बैठ गए। छप्पर गीली दाढ़ियों की तरह बाँसों और बल्लियों से झूल पड़े और घर वाले पेड़ों के नीचे दुबक बैठे। मगर पानी जैसे उनसे छेड़ कर रहा था। कोई पेड़ भी पत्थर के सायबान तो न थे, जो पानी पत्तों को चीर फाड़ कर सरों पर न गिरता। वैसे भी जैसे कोई चुल्लू भर-भर कर पेड़ों के भी नीचे उलीच रहा था। परनालों की वावेला से और भी होशो-हवास गुम थे, और फिर रात आ रही थी। घटाटोप सियाही गाढ़ी होती जा रही थी। गटर तेजी से लुढ़क रहे थे।

आशा माँ को आखिरी घूँट पानी के देने की कोशिश कर रही थी। माँ तो जाने कब मर गई थी, पर यह नानी ही माँ-बाप सभी कुछ थी, अब नानी भी चल-चलाव पर तुली थी, और बाप बेकार निखट्टू-सा था। एक दिन स्टेशन के पास मरा हुआ पड़ा मिला। नानी बहुत कुछ उसे देती थी, पर अब वह भी बूढ़ी हो चली थी। बात ये थी कि वह राजा साहब की खिलाई[1] रह चुकी थी, और राजा साहब के बाद उनके बेटों को भी इन्हीं सूखे-मारे घुटनों पर वही सड़ी-पुरानी लोरियाँ दी थीं जो वह उनके बाप को दे चुकी थी। पर वह खर्राच थी और फिर कोई जागीर थोड़े ही मिल गई थी। जेवर थोड़ा-थोड़ा करके खाया, बर्तन रखने की जरूरत ही कौन सी थी। उम्र भर राजा साहब के यहाँ रही और

1. बच्चों को खिलाने वाली औरत, धाय

बुढ़ापे में कौन सोने के थाल लगाता है। कई साल से महल के कोने में पड़ी सड़ रही थी। राजा साहब ने अज़राहे-हमदर्दी उसे पेंशन देकर गाँव भेज दिया। कुछ भी था, उसे सुकून था कि वह अपने गाँव में मर रही थी। अपना गाँव कहाँ, गाँव तो राजा का ही था।

"नहीं आया, अभी नहीं आया" आशा समझी, बुढ़िया यमदूत को याद कर रही है, मगर वह पूरन के बारे में सोच रही थी। पूरन राजा साहब का सबसे छोटा लड़का था। वह अच्छा-खासा, सात बरस का हो चुका था, तब भी बूढ़ी अम्मा के साथ ही सोता था और हर इतवार को गाँव बड़े भाई के साथ आया करता था। और आज तो इतवार था। बुढ़िया न जाने क्यों, उसका इंतज़ार कर रही थी और इसीलिए ठहरी हुई थी वरना इसे क़ायदे से तो बहुत पहले मर जाना चाहिए था।

"रंजी की माँ कहाँ है। गई?" बुढ़िया फिर जागी।

"हाँ अम्मा! क्या बुला लाऊं। मींह पड़ रहा है, नहीं...पर है बड़ी...वह. ..ऐसे...छोड़ गई।"

साँस घुटी जा रही थी। "क्या मींह बहुत पड़ रहा है।"

बुढ़िया को फ़िक्र हुई कि अब जलाई कैसे जाएगी!

"हाँ" आशा सहमी हुई धोती का किनारा मरोड़ रही थी।

"और जाने रंजी की माँ कहाँ मर गई" न जाने रंजी की माँ पर इतनी ममता क्यों आ रही थी। रंजी वैसे तो रंजीत, और सिंह बनियापन छिपाने को लगाया गया था मगर कहलाते 'अबे रंजी' थे। और यह वालिदा साहिब खिरया की दुल्हन मोती की बहू और राम भरोसे की बीवी और न मालूम कितनी जगहें बदल चुकी थीं। पर सब कम्बख़्त मर-खप गए और उनमें से किसी एक की यादगार रंजी थे। समाज में उनकी हैसियत भी थूर के दरख़्त की सी थी, ज़्यादा कारआमद बनने का उनमें जज़्बा ही नहीं था। कमसिनी में कुछ दिनों हीजड़ों की टोली में जा घुसे और रंजी की माँ को सारा दिन मुहल्ले वालों को गालियाँ तक़सीम करने में गुज़र जाता। न जाने क्यों, वह वज़िद थीं कि हीज़ड़ों की टोली में नहीं बल्कि नौटंकी में गया है जो छोटा-मोटा थियेटर होता है। कुछ भी हो रंजी की निभी नहीं और वह पिट कर भाग आये और अब गाँव भर में नग्मा सराई के लिए मशहूर थे और एकदम बाग़ियना ख़यालात कुजा[1] हीजड़ों में थे और कुजा अब

1. कहाँ, कभी

अव्वल नंबर के गुंडों में शुमार किए जाते थे। कुछ भी था मगर वालिदा साहिबा तो सर उठा कर चलती थीं।

बुढ़िया की बेक़रारी बेकार न गई और वह बोरा ओढ़े आन पहुँची।

"कहाँ चली गईं थीं।" बुढ़िया मौत के फ़रिश्ते की तरह गुर्राई।

"ए ज़रा देखने गई थी। रंजी लौटा कि नहीं। लछमी की माँ के गई थी, हरामी न जाने कहाँ मरा है जा के।"

"हूँ चाहे मैं मर जाती।" बुढ़िया अकेली आशा के सामने नहीं मरना चाहती थी कि कहीं उसका दिल न हिल जाए रंजी आशा पर आशिक़ थे। बुढ़िया को पहले तो बहुत बुरा लगा। मगर फिर सर घुमा कर देखा तो और कौन से हीरे जड़े थे और यह भी बात थी कि रंजी लुच्चा होगा अपने घर का। आशा से छेड़ करने की उसमें कभी हिम्मत न हुई, आशा बाहर भी कब जाती थी? बुढ़िया साँप बनी उसकी हिफ़ाज़त कर रही थी। सारा काम रंजी की माँ रिश्वत में कर रही थी, और रंजी जब कभी आता गधे की तरह सर झुका कर बैठ जाता, बुढ़िया राज़ी ही थी, पर अभी नहीं। अभी आशा थी ही कितनी, दो साल हुए तो उसने बाक़ायदा धोती पहननी शुरू की वरना लहंगा पहने ज़रा-सी बच्ची लगती थी, मगर रंजी की माँ की राय में लहंगे साड़ी से कुछ नहीं होता जब वह इतनी थीं तो बच्चे गिर चुके थे और तीसरा वारिद होने को था।

"अपनी-अपनी उठान है।" बड़ी बी जब अच्छी थीं तो उनकी हिम्मत से मरऊब होकर कहती थीं, "आशा मेरी धान-पान है" और रंजी की गैंडे जैसी मटक देख कर सहम जाती है।

रंजी बुरा भी न था। हुस्न का मुक़ाबला तो हो नहीं रहा था। ठिगना ज़रूर था और बत्तीसी ज़रा लौटी हुई सी थी बजाय नीचे के दाँतों के ऊपर के दाँत अंदर थे और ठोड़ी ज़रा आगे को थी, जब हँसता था तो मालूम होता था किसी ने गला उल्टा कर दिया है और होंठ तो दोनों एक जैसे सपाट ही थे। नाक थोड़ी नीची और वसीअ[1] थी मगर आँखों में रस था और बाल जैसे आजकल बड़े लोगों में जिसे देखो गंजा होता चला जाता है पर हफ़्तों न धोने के बाइस धूल में अटे हुए।

"पूरन नहीं आया।" रंजी के ज़िक्र से उक्ता कर रुख़ पलटा।

"ए लो वह इस पानी में आएंगे, बड़े आदमी किसी के भी ना होते सच

---

1. चौड़ी

तो यह है।"

बुढ़िया में दम होता तो वह इतना लड़ती कि रंजी की माँ पस्त हो जाती। अंधी कहीं की कोढन! और जो वह जो हर इतवार आता था तो क्या उसे दिखाई न देता था। आते ही वह अचार की हंडिया टटोलता और उम्दा घी की फ़रमाइश करता। उम्दा घी और लड़ाई के ज़माने में, भला किधर से आए न जाए। ये लड़ाई में घी का क्या ख़र्च है? तोपों में भर-भर कर मारते होंगे। भला घासलेट क्यों नहीं भरते? आदमी तो खाए घासलेट और तोपें। और फिर उन्हें नाश्ता कराने में तो हल्कान हो ही जाती।

"मम्मी मेरा तोस", निर्मल चिल्लाता सूखा मारा इंसान।

"और मेरा दूध", दूध पी-पी कर शीला कचौरी हो गई।

और सब से छोटा भैया हलक के आख़िरी कोने से चिंघाड़ मारता, "बीच में भाभी कुश्ती लड़ती।"

"देखो मम्मी ये मेरा पापड़ खा गई", निर्मल मिनमिनाता।

"ले अपना पापड़...मंगते", शीला पापड़ मुँह पर मार देती।

"देखो मम्मी", निर्मल फ़र्याद करता है।

"सूखे टिड्डे।"

"मोटी भैंस।"

"तुम सूखे टिड्डे हवा में एक दिन उड़ जाओगे।"

"और तू मोटी कुप्पा एक दिन ठपाक से फट जाएगी बस।"

"किनया...अलन।" निर्मल और शीला एक दूसरे का ख़ूब मुँह नोचते और निहायत मुहब्बत से काढ़ी हुई फ्राक पर दूध छलक जाता। और निर्मल का तोस उसकी कोहनी में चिपक जाता—तब भाभी चिंघाड़ती।

क्या अंधेर है निर्मल के बच्चे। यह चटापट निर्मल की रानों पर थप्पड़ मारती और शीला की कमर में धमोके लगाती। और जो उसी असना[1] में कहीं पूरन आ जाता तो बस भोंचाल का मज़ा आ जाता। वह आते ही निर्मल के अछू लगवा देता और शीला की तोंद में उँगलियाँ टहलाता और भैया के मोटे-मोटे गाल इतने मसलता के ख़ून झलक आता।

"हट वहाँ से आया बड़ा।" भाभी छोटे-छोटे हाथों से पूरन को धकेलती। "ले के मेरे बच्चे के गाल लाल हो गए।" मगर पूरन उसे और भींचता और वह

1. बीच, दरमियान

हँसता। "देख लो भाभी हंस रहा है।"

"है न बेहया।"

"हाँ बिल्कुल अपनी माँ की तरह।" पूरन उसे हवा में उछालता और साथ-साथ भाभी का जी उछलता।

"हाय पूरन...पूरन मेरा बच्चा..." वह साँस रोक लेती और जब पूरन उसे लिटा कर उसका मुँह दिखाता तो भैया हँसता ही होता, और अगर आशा कोई चीज़ लेकर आती या कोई काम करती होती तो पूरन कह उठता–

"चलता दुकान भी चलती और फिर जब सब खा पी चुकते तो दूसरा धंधा इख़्तियार किया जाता है।"

वही बड़ों का ख़्वान्चा लगाया, दिन भर चख-चख कर ही खत्म कर लिया। सिगरेट, बीड़ी की दुकान दोस्त यार फूँक गए। जेब के दाम भी गये।

हाँ जो रंजी किसी करम का हो जाए तो बुरा नहीं।

"देखा जाएगा अम्मा, पहले अच्छी तो हो जाओ।" बुढ़िया को अच्छे होने से कोई दिलचस्पी ही न थी और होगी भी तो मौत की सख़्त जल्दी थी। और जब आशा को सिसकता छोड़कर बुढ़िया चल दी तो पूरन की फ़रमाइश धरी रह गयी।

रंजी की माँ इतनी चीख़ी कि आशा भी सहम कर चुप हो गई। ऐसे सोग करने वाले भी कौन थे, पेड़ सूख गया तो पत्तियाँ भी इधर-उधर बिखर गईं। आशा ज़िंदगी के नए रास्ते पर चलने के लिए पूरन की मोटर में राजा साहब के यहाँ चल दी। रास्ते भर वह कोने में दुबकी आँसू पोंछती रही। पूरन को उसकी तरफ़ देखने की हिम्मत भी न हुई कि कहीं वह और न रोने लगे।

मगर जब आशा महल में पहुँची तो उसका धड़कता हुआ कलेजा ज़रा के ज़रा थम गया। राजा साहब ने मुहब्बत से हाथ फेरा और माता जी ने पास बैठा लिया। मगर भाभी। भाभी ने तो कलेजे से लगा लिया। कम उम्री में ग़म और वह भी बूढ़ी नानी का। ज़रा से दिनों में ख़त्म हो गया और साथ की दूसरी नौकरानियों, कामकाज और भाभी के बच्चों की मुहब्बत में और भी कुछ ज्यादा न रहा, और आशा एक सीधी पुरसुकून ज़िंदगी गुज़ारने लगी।

भाभी

आशा के न कोई भाई था न बहन। फिर भाभी का तो सवाल ही क्या था। मगर वह जब कभी घर की चंचल और खुशमिज़ाज बहू को देखती उसका दिल मुहब्बत से लरज़ उठता। भाभी का क़द मुन्ना-सा गुड़िया जैसा था, और वैसे ही छोटे-छोटे कमज़ोर हाथ, मगर वह शरीर कितनी थी और क़हक़हे कैसे गूंजते थे जैसे चाँदी के मोती आपस में टकरा रहे हों। वह किसी तरह भी तो तीन बच्चों की माँ नहीं मालूम होती थी। निर्मल से थोड़ी ही बड़ी तो लगती थी, और निर्मल भी जब पैदा हो गया था तभी भाभी को सीधे पल्ले की साड़ी भी पहननी न आई थी, और शीला भैंस की भैंस! फूल जैसी माँ की कितनी फूली कुप्पा बेटी थी इतना खाती थी कि माँ तो तीन दिन में न खा सकती और सबसे छोटा भैया तो बस ग़ज़ब था, हाँ वह ज़रा भाभी का बेटा लगता था क्योंकि उस पर ही वह फ़िदा थी। यह बेतुके बच्चे और पति महाराज तो बस बुद्ध का मुजस्समा[1] थे। जितना बीवी हँसती उतना ही वक़्त वह चुप रहते। किसी बनिए की परछाई पड़ गई थी बस सिवाय गाँव की देखभाल के और कुछ नहीं बस मुस्कुरा देते थे और भाभी? हर वक़्त तीतरी की तरह उड़ती फिरती। उसके पति महाराज के मिजाज में जमीन और आसमान का फ़र्क़ था। मगर ऐसे ही सुकून से निभ रही थी जैसे जमीन आसमान की निभ रही है उनकी बला से बीवी छोटी, कम उम्र और ज़िद्दी थी वह सास का कहना बस कुछ ऐसा ही मानती, ज़रा-सी बात पर रूठ जाती, मुँह फुलाकर घंटों रोती, देवर से शिकायत कर देती, यहाँ तक कि ससुर की लाड़ली होने की वजह से सास की शिकायत ससुर से भी हो जाती वह थी भी तो उनसे उम्र में छोटी। हाँ और देवर से तो हर वक़्त उसकी लड़ाई

---

1. प्रतिमा

होती, शादी हो कर आई तो पहला प्यार देवर से शुरू हुआ और पहली लड़ाई भी उससे हुई और उसने शर्म करना तो किसी से सीखा ही नहीं।

सुबह ही सुबह यह रंगीन भाभी उठ बैठती और बच्चों पर सफ़ाई का हुक्म सादिर कर देती। हाँ तोपें ही हुईं, सुर्ख़ अंगारा जैसे दहानों की तोपें! ज़रा बोलो आग उगलने लगें ये गोरे! लो ये घी के ज़िक्र पर गोरे कहाँ से आन टपके।

हाँ तो पूरन हर इतवार आता था। आज बूढ़ी खिलाई को उसका इंतज़ार था, तो मींह बरसने पर तुल पड़ा।

"वाह तुझे क्या मालूम आएगा वह ज़रूर। ज़रा देख तो कहीं...।"

"ए है कहीं भी नहीं आया।"

रंजी की माँ उठने के डर के मारे जल्दी से बात टालने लगी।

"कुछ खाया भी? क्या हाल हो गया है...।"

उसने चाहा बुढ़िया को मौत की याद दिला कर धमकाये। इंतज़ार की चंद घड़ियाँ ही गुजरीं थीं कि राजा साहब के मोटर की आवाज़ आई। बुढ़िया में जैसे थोड़ी देर के लिए दम आ गया, वह मोटर की आवाज़ को ख़ूब पहचानती थी। मोटरे आतीं ही कब थीं गाँव में, और ज़रा-सी देर में पूरन सड़े-भुसे पलंग पर मुहब्बत से बुढ़िया के पास बैठ गया।

"अम्मा यहाँ ठीक इलाज नहीं हो रहा है तुम्हें लेने आया हूँ।"

बुढ़िया तो जाने को तैयार थी, मगर कोई पूरन से भी ज़बरदस्त उसे तेजी से घसीट रहा था।

"अब तो परमात्मा के चरनों में चली बेटा...।"

"कैसी बातें करती हो, और तुम तो कहती थी कि पूरन की बहू लाऊँगी, उसका बेटा खिलाऊँगी और फिर अब परमात्मा से छुट्टी लेकर आऊँगी, बस आज ही चलो वहाँ तुम्हारा इलाज यूँ हो जाएगा।" पूरन ने चुटकी बजा कर कहा।

"अब मेरा इलाज दुनिया के किसी डाक्टर से न होगा, मेरी बात सुन।"

"नहीं अम्मा तुम...

"सुन मेरे लाल! आशा मेरी...मेरी बच्ची, मैंने इसे बड़ा खिलाया है, बड़ी प्यारी बच्ची है, उसे राजा साहब के चरणों में पहुँचा देना, उसे दुःख न देना. ..मेरी...और कहीं अच्छा लड़का ढूँढ़ कर उसका ब्याह कर देना, अब उसके दुनिया में तुम्हीं लोग हो।

पूरन मौत के आसार भी न पहचानता था। "तुम ख़ुद ही चलो।"

"मैं...मैं तो जाऊँगी, मगर...रंजी ढंग का होता।"

"रंजी दुकान करने की सोच रहा है, बनिए ने वादा किया है। रंजी की वालिदा बोली, दो दिन में चल निकलेगी।"

हालांकि रंजी कई दुकानें कर चुके थे मगर जितने दिन माल...

"भाभी आशा अपनी नौकर तो नहीं, वह काम क्यों करती है?"

"काम क्या हम नहीं करते।"

"बड़ा काम करती हो, बच्चों को पीटना और इसके सिवा तुम्हारे लिए क्या काम है मगर आशा कोई नौकर है।"

"काम करने से कोई नौकर नहीं हो जाता और फिर आशा को ब्याह कर जाना है, वहाँ क्या नौकर लगे होंगे। ग़रीब घर की लड़की।"

"क्यों ग़रीब घर की लड़की से क्या होता है, वह ग़रीब घर क्यों ब्याह कर जाएगी।"

"ग़रीब घर नहीं ब्याह कर जाएगी तो पूरन सिंह जी, तुम कहीं से उसके लिए शहज़ादा ढूँढ़ लाना।" वह ऐसे ज़ोर से कहती कि सभी तो सुन लें और पूरन डर जाता।

"मैं ये थोड़े ही कहता हूँ भाभी, तुम तो चीख़ने लगती हो, न जाने तुम्हारा गला क्यों इतना चौड़ा है।" पूरन नीची आवाज़ से कहता और भाभी का बदला भैया ग़रीब के गालों और शीला की तोंद से लेता।

छोटे भैया

वड़ी बूढ़ियाँ कहती हैं तय्या मिर्चें ज्यादा खा लो तो पेट में जो बच्चा होता है वह बिल्कुल तेज़ मिर्च पैदा होता है। जब पूरन पैदा होने को था तो शायद बड़ी बहूजी ने मिर्चें चाबीं थीं, बस उसे तो किसी कल क़रार ही नहीं था जब तक कॉलेज में रहा ख़ैर। छुट्टियों में तूफ़ान आता था मगर अब तो वह दो साल से घर पर ही किसी मुक़ाबले के इम्तिहान की तैयारी कर रहा था। यह ख़ब्त भले-चंगे को न जाने कहाँ से हो गया था, घर की जायदाद इतनी थी कि बैठ कर सात पीढ़ियाँ मज़े से खातीं मगर कॉलेजों में लड़कों के दिमाग़ गाँव से घबरा जाते हैं दरअसल क़सूर अपने गाँव का है, वहाँ है ही क्या सिवाये मालगुजारी के, जिसमें किसी का दिल लगे। बेवक़ूफ़ गधों से बदतर इंसान, मैले, बदहंगम[1] टूटे-टेढ़े झोपड़ें, सड़ांधी पगडंडियाँ गन्दे नाले और उपलों की भयानक क़तारे नीममुर्दा मवेशी और मलगुजे बच्चे, भला क्या दिल लगे?

हाँ तो पूरन की बोटी-बोटी वेकल थी सारा दिन वह भाभी से उलझता, बच्चों को छेड़ता, छोकरियों से मज़ाक़ करता और चुपके-चुपके बड़े भैया पर जुमले कसा करता।

"भाभी! सुनते हैं कि भाई साहब जब दुनिया में तशरीफ़ ला रहे थे तो काली बिल्ली रास्ता काट गई, बस देख लो।"

"हूँ...नहीं तो तुम्हारी तरह...हाथ ही टूटेंगे। मेरी बच्ची का पेट क्या पत्थर का बना है कि सुबह से चुटकियाँ ले रहे हो।

"तुम्हें तो अपने बच्चों की पड़ी रहती है, बच्चों के बाप की नहीं।"

"भई बच्चे कौन मना करता है हर साल। मगर पति महाराज सुबह से

1. कुरूप

पड़े खाता टटोल रहे हैं...''

''भाभी मैं कहता हूँ कभी तो हँसते ही होंगे भाई साहब। कभी अकेले में तो...।''

''ऐसी जूती मारूँगी पाजी...।''

अकेले में हँसने के ख़याल से ही भाभी लाल पड़ जाती।

बड़े भाई ही नहीं क्या वह नौकरों को छोड़ देता था? चमकी को तो बाक़ायदा चपतें लगाता। शेव करते में साबुन उसके मुँह पर मल देता, उसकी चुटिया पाये से बाँध देता। वह तो ख़ैर जवान छोकरी थी और खिल भी जाती थी छेड़छाड़ से मगर भोला की ताई का और उसका भला क्या जोड़ था वह ग़रीब टूटे-फूटे काट-कबाड़ की तरह कोने में पड़ी रहती थी ढंग से सूझता भी न था, जाड़ों में तो ख़ैर पुराना स्वेटर या कोट पहन लेती होगी। मगर चिलचिलाती गर्मी में तो उसे कुर्ते ही फांस लगते थे। दालान में धूप भी आ जाती थी और कोठरी में घमस बला की, इसलिए वह टूटा हुआ पंखा लिए दालान में ही ऊंघा करती। पूरन उसके पास जा बैठता।

''ऐ भोला की ताई ये जवानी क्यों खाक़ में मिला रही हो।''

बुढ़िया सिर्फ़ घिन्ना कर देखती और मुँह फेर लेती कि शायद बेरुख़ी से बात टल जाए।

''मैं कितना कहता हूँ तुमसे कि...भई अभी उम्र ही क्या है।''

''अरे हट इधर—मैं क्यों...।''

''यही तो तुम्हारी नठुराई मुझे पसन्द नहीं, मैं कहता हूँ।''

''क्या कहता है?'' भोला की ताई की आवाज़ बुड्ढे मरदुवे जैसी थी।

''अरे! यही कहता हूँ...कि...कि तुम कुर्ता क्यों नहीं पहनती हो'', वह कोई क़ाबिले-एतिराज़ बात न पाकर ही कहता।

बुढ़िया चटाई से डटी रहती पर जवान छोकरियाँ यह सुनकर शर्म से गड़ जातीं। भाभी भी बात टालने को दूसरी तरफ़ मुतवज्जा हो जाती जैसे उसने सुना ही नहीं।

''अरे क्या पहनूँ'', अब बुढ़िया फ़लसफ़ा छाँटती।

''क्यों नहीं पहनो कहो तो मैं ला दूँ दो-चार पोलके?''

''चल पोलकों के सगे।'' बुढ़िया की बदमिज़ाजी कम न होती। कितना कहता हूँ, ''भोला की ताई कि मेंहदी लगाया करो, सुरमा काजल''। छोकरियाँ

हँसती और भोला की ताई मोटी-मोटी गालियाँ बड़बड़ाती।

"यह तो चुड़ैलें तुमसे जलती हैं भोला की ताई" और वह आहिस्ता-आहिस्ता उसके पास खिसकता।

"अरे क्यों मुझ पर चढ़ा चला आए है, उधर हट बेटा।"

"मुझे बेटा कहती हो?" पूरन संजीदगी से बुरा मानता।

"हाँ भैया ज़रा गर्मी है उधर बैठ।"

"अरे भैया कहती हो मुझे?" पूरन और भी बिगड़ता।

"बेटा न कहूँ, भैया न कहूँ तो क्या ख़सम कहूँ तुझे?" और बुढ़िया मोटी मोठ मुग़ल्ला ज़ात सुनाती।

"मैं तो कहता हूँ फेरे करा लो मुझसे। क्या होगी तुम्हारी उम्र?"

"अरे क्यों शामत आई है तेरी, 'हरामी'," बुढ़िया भर्रायी हुई आवाज़ से गुर्रायी।

"भोला की ताई जब गालियाँ देती हो तो बस जी चाहता है कि मुँह चूम लूँ वाह...वाह।"

और फिर गालियों को ग़ैर मुआस्सिर पाकर भोला की ताई मारने पर तुल जाती। लौंडियाँ, बांदियाँ लपेट में आ जातीं और वह उन सबको नंगी-नंगी बातें कहतीं। यहाँ तक कि पूरन भी झेंप कर भाग खड़ा होता।

बुढ़िया बड़ी बहूजी के पास फ़रियाद लेकर जाती तो छोटी बहू उल्टा छेड़ने लगती।

"अरे भोला की ताई कर लो ना ऐसा क्या बुरा है ये लड़का।"

मगर भोला की ताई कुछ ऐसी बातें कहती कि छोटी बहू सुनने से पहले ही दूसरे कमरे में चली जाती।

---

1. निष्प्रभावी

चमकी

चमकी उस गाँव की थी, जहाँ आशा की नानी मरी थी उसे सब चमकी इसलिए कहते थे कि गाँव की हर तीसरी लड़की का नाम चमकी ही रखते हैं। आप कानी, खुर्री, भुजंगा लड़की को देख कर यही सोचेंगे कि इसका नाम ज़रूर कल्लो या रद्दोह वग़ैरा होगा लेकिन वह चमकी निकलेगा मगर चमकी थी भी चमकी उसकी आँखें चमकतीं थी, गाल चमकते थे और बाल तो लोहे के पालिश किए तारो की तरह चमकते थे, उसकी कमर भी चमकती थी और हाथ भी चमका करते। जब वह नाचती तो तारे भी नाचने लगते, आवाज़ भी ऊँची और पतली थी। आशा जैसी मुन्नी ऐसी कमज़ोर और शर्मीली न थी कि सुनो तो जी चाहे सो जाओ उसकी आवाज़ पर तो सोते सपने जाग पड़ते थे जब बाहर जाती तो दरबान चपरासी और अर्दली सब गुनगुना उठते और धोबी तक की बाज़ुओं में बल आ जाता और आवाज़ ऊँची हो जाती मगर वह बाहर निकलती तो चितवनें चढ़ी नाक फड़कती और होंठ सुकड़े, वह पैसे के चार-चार भी नहीं पूछती थी, यहाँ तक कि मुंशी जी जो ख़ासा एफ़ ए. पास थे जब घूमी-घूमी आँखों से उसे देखते तो एक झटके के साथ मुड़ जाती। हाँ पूरन के घूँसे खाकर जब उसकी कमर में मीठा-मीठा दर्द उठता तो खिल जाती। वह था भी तो कितना बेढंगा, बीरा तो उसका काम कर ही न सकता। सारे तो कपड़े चुर जाते और फिर भला नौकर क़ौन उसकी चीज़ें संभाल सकता था। एक कपड़ा निकालना होता तो वह सारी अलमारी उलीट कर फेंक देता। एक जूता पहनता और चार उठाकर दूर पटकता और किताबें तो ताश के पत्तों की तरह फेंट कर रख देता, आइने की मेज़ पर जैसे कोई ग़ुस्ल कर रहा हो सब भीगा हुआ और जगह-जगह साबुन फिरा कर चमकी साफ़ करती तो उल्टी चुटकियाँ और घूँसे इनाम में मिलते।

वह सुबह ही सुबह एक मशग़ूल दरोग़ा की तरह उसके कमरे का इंतज़ाम शुरू कर देती और बला से कोई काम हो या न हो आशा कुमारी का हाथ बँटाने को पूरियाँ बेला करती और वह ताज़े-ताज़े फूल गुलदानों में लगा कर पूरन का कमरा गुलज़ार कर देती। पहले तो ये छोकरियाँ इंजन गाड़ी के आगे आकर लेट जातीं हैं और फिर जब कुचल जाती हैं तो हाय-तोबा मचाती हैं। बदनामी, बेइज़्ज़ती और दुनिया लुटने की धमकियाँ ले बैठती हैं, और अपना ऐब ग़रीब समाज के सर थोपतीं हैं। खुदा की शान है फिर भी दुनिया उन्हीं के साथ मातम में शरीक हो जाती हैं तो चमकी भी जान-जान कर इंजन के आगे पसर जाती थी। वह तो इंजन ही कुछ बे आग-पानी का था कि यूँ ही सीटियाँ देता, धुआँ उड़ाता, पटरी बदल कर आगे निकल जाता था—ख़ैर जो गरजते हैं कभी-न-कभी बरस ही रहते हैं। दूसरी नौकरानियों को उसका यह ढलाना एक आँख न भाता, जले-कटे जुमले चलते रहते।

चुहिया से बिल्ली भी तो खेलती है, चुहिया ऐंठ जाती है कि वह उससे लाड़ कर रही है।

लता का दिमाग़ बड़ा फलसफ़याना था और थी भी छः बच्चों की माँ। "अरी घिस-घिस किए जाती है याद ही करेगी। राजा लोगों के बेटे का क्या ठिकाना।" भोला की ताई चमकी की रक़ीब तो न थी।

आशा सुनती तो कुछ न समझती, पर वह पूरन से वैसे ही डरती थी, उसे याद था कि एक दिन जब वह शीला की फ्राक पर मशीन चला रही थी पूरन आन जमा और लगा बातें बनाने।

"हर वक़्त का काम, मैं कहता हूँ आशा ज़रा मेरा भी कोई काम करो।"

"क्या काम है आपका।" आशा मशीन पर झुक गई।

"मेरे काम हज़ारों! यही कि मेरे सब बटन धोबन तोड़ लाती है गरीबान चाक फिरता हूँ।"

"कौन-सा बटन टूट रहा है सारे तो टांक दिए", चमकी बिगड़ी।

"तुझसे कौन कह रहा है?...मैं तो कहता हूँ आशा आज तक तुमने मेरा भी कोई काम किया और तुम! इतना काम भी क्यों करो, कोई किसी की नौकर हो?"

"सभी काम करते हैं, मुफ़्त की रोटियाँ कौन तोड़ता है।"

चमकी चाहती थी कि कोई उसकी सुने मगर पूरन आशा के पास ही

खड़ा रहा।

"इतना काम करती है, इतनी दुबली-पतली लड़की, मैं माता जी से कहूँगा इतना तो काम न लें...और...।"

"नहीं...मैं...मुझे काम करना अच्छा लगता है।"

"कुछ नहीं और कोई क्यों नहीं करता। यह चमकी इतनी भैंस की भैंस हो रही है यह क्यों नहीं सीती।"

हालाँकि चमकी बराबर भाभी जी की साड़ी टांक रही थी। आशा उसकी भड़की हुई आँखें देख कर काँप गई।

"बस जी हटाओ सीना", पूरन ने कपड़ा खींचा।

"जी नहीं", आशा का जी चाहा कि मशीन में घुस जाए।

"मैं कहता हूँ मत सिओ न।"

शीला कहीं बाहर जा रही है, जल्दी है।

"कुछ जल्दी नहीं, अच्छा तो लो सिओ", और पूरन ने मशीन की सूई के आगे उँगली रख दी।

"ओ न, ये कैंची मारी पीटी।" चमकी ने ज़ोर से कैंची पटख़ी। आशा उछल पड़ी और चमकी दरवाज़ा धड़धड़ाती चल दी।

"ये चुड़ैल क्यों ग़ुस्से होती है। आशा तुम्हारे कैंची लगी तो नहीं। मैं अभी ठीक करता हूँ भूतनी को।"

"छोटे भैया अगर आप यूँ ही हमारे सर पर सवार रहे तो काम हो चुका।" लता चमकी की शिकस्त (हार) से दिल ही दिल में खिली जा रही थी।

"अरी लता बड़ी बदमिज़ाज है, तू क्यों चिढ़ती है तुझसे तो मैं बोल भी नहीं रहा।

"बस, बस भैया हमसे यह...वाह कोई बात है, जाते हो कि...।"

"अगर तुम बजाये यहाँ छोकरियों के साथ वक़्त गँवाने के, बाहर आन बैठते तो क्या अच्छा होता।"

भैया दरवाजे में खड़े थे, पूरन खिसियाना होकर सिगरेट बुझाने लगा।

"दो घंटे से सेठ टीकाराम बैठे दिमाग़ चाटा किए...कुछ काम न करने दिया। तुम होते तो मैं ज़रा दफ़्तर चला जाता।"

"भैया मेरे सर में तो इतनी ताक़त है नहीं कि टीकाराम जी की बकवास बर्दाश्त करूँ।" पूरन मुँह बनाने लगा।

"कुछ भी हो बहरहाल तुम बाहर जाकर बैठो।"

"अच्छा हुआ डांट पड़ी अब ठीक हुए।" लता मुस्कुराई दरवाज़े पर चमकी से टक्कर हुई वह भिन्नाई हुई निकली। पूरन की चुटकी भरी पसली में सारा मैल धुल गया। चमकी चमक रही थी, ग़ुस्से से नहीं।

फूल

खाने का कमरा...बरामदा, भाभी जी...बड़े भैया और...हम? आशा ने गुलदान गिनते-गिनते चौंक कर पीछे देखा। पूरन दियासलाई चबा रहे थे।

"मेरे कमरे में तो फूल भी नहीं लगाए जाते।"

"लगाती तो है चमकी...।"

"फिर वही चमकी...चमकी लगाती है तो क्या। सारे घर में तो फूल लगाए जाएँ और हमारे कमरे में नहीं आज शिकायत करूँगा।"

"तो लगा दूँगी आपके कमरे में भी।" और वह बचे हुए फूलों में से चुनने लगी।

"जी नहीं ये मरे हुए सफेद फूल नहीं, जैसे किसी मुर्दे पर डाले जा रहे हों ये लगाइए सुर्ख़ वाले।" तो फिर आशा ने वही लाल-लाल फूल पूरन के यहाँ लगा दिए। मगर उसका दिल धुकड़-पुकड़ करता रहा जैसे वह चोरी कर रही हो उसने कभी अशद (अति आवश्यक) ज़रूरी काम के बग़ैर पूरन के कमरे में क़दम न रखा था और जो चमकी आ जाए तो।

और खाने के वक़्त पूरन ने आहिस्ता से उसे फूल लगाने के शुक्रिया में नमस्ते किया। वह जल्दी से थाली लेकर भाग आई। जब दोपहर को वह बरामदे के पास से होकर अपने कमरे में जाने लगी तो जैसे किसी ने उसे ठोकर मार दी। लाल-लाल फूल मोरी के पास बिखरे पड़े थे। तेज़-तेज़ कदम उठाती वह अपनी कोठरी में चली गई।

"यही सज़ा है मेरी गुस्ताख़ी की," वह ज़मीन पर लेटी-लेटी अपने जी में कोसती रही जैसे कोई बड़ा वाक़या हो गया। शर्म, ख़ुद से नफ़रत और न जाने क्या-क्या ख़यालात, उसके परेशान दिमाग़ में घूमने लगे। मुर्झा भी तो गये,

न जाने कब से पड़े होंगे बेचारे। पख़ भी तो गए। सोचा कि एक मख़सूस सीटी की आवाज़ पर वह चौंक पड़ी, वैसे तो उसे काम में इतनी फ़ुरसत न होती कि कुछ देखे और देखा भी कब जाता था, मगर अकेली कोठरी में जहाँ कोई न जा सके वह दरज़ (छेद) में से ज़मीन पर लेट कर देखती थी। वह शरीर मुस्कुराता हुआ चेहरा ग़ौर से देखने में कैसा है। दिन में हज़ार मर्तबा देखकर भी वह उसकी एक अदा न याद कर सकी थी। बात यह थी, वह देखती ही थी। चप्पलों में बड़े-बड़े सफेद पैर और धारीदार पाजामे का कुछ हिस्सा आकर फूलों के पास ठिठक गया जैसे ठोकर लगी। आशा ने सांस रोक ली, दो हाथ झुके और बिखरे हुए फूलों को समेट लिया। आशा की आँखें बंद हो गईं और वह ज़मीन से चिमट गई, जी चाहता था इसी ज़मीन में डूब जाए। उसी ने तो ये लाल-लाल फूल चुने थे। ''ये किसने ताज़ा फूल फेंक दिए, मुफ़्त का बाग़ है न''—आवाज़ आई और चप्पलें बरामदे में चली गईं।

आशा देर तक माथा टेके ज़मीन पर लेटी रही—इसी ज़मीन ने तो फूल खिलाए हैं, लाल-लाल।

ज़ब वह शाम को छोटे मुन्ने की गाड़ी पकड़े लौट रही थी तो पूरन ने आकर बच्चे को प्यार करना शुरू किया।

''अरे मुन्ने तेरे गाल तो जी चाहता है खा जाऊँ और तू कितना नटखट है—मुन्ने तू बड़ा चुपका बना रहता है, पर मैं जानता हूँ है तो बहुत ख़राब हर वक़्त का काम, मुझे तो हर वक़्त काम रहता है, भगवान करे ये काम तो दुनिया ही से मिट जाए। ये नहीं कि तू कभी किसी से बात भी करे। आशा चुपकी खड़ी हैंडिल घुमाती रही। बात ये है कि, तू समझता है हम बुरे हैं—हवा हैं, तुझे खा जाएँगे।

पूरन ने सर ऊपर उठा कर देखा—आशा उसकी आँखें देखकर डर गई। ''तुम समझती हो कि हम शेर हैं—फाड़ खाते हैं।'' अब वह बराहे-रास्त आशा ही से कह रहा था, मगर ख़िताब मुन्ने ही से था और क्या अजब अगर बोल दो तो अभी खा ही लें। आशा की परेशानी से उसे शायद रहम आ गया और फिर झुक गया।

''और मुन्ने...हमने वह फूल उठा लिए...देखो न चमकी बड़ी बुरी है, क्यों है न?...हाँ, वह तो बुरी है ही। वह फूल लाल-लाल मुन्ने के गालों जैसे...हमने अपनी दराज़ में डाल दिए हैं—सुना, हाँ और भई तुम्हें ढेर-सा काम होगा...और

क्या।''

''जाइए तशरीफ़ ले जाइए, जाइए।'' आशा गाड़ी बढ़ाती चलाती गई।

जब वह इन लाल-लाल फूलों की क्यारी के पास से गुज़री तो सारे फूल आहिस्ता-आहिस्ता मुस्कुरा रहे थे—आँखें बंद किए मुस्कुरा रहे थे।

होली

मौसम भी इंसान से खिलौने की तरह खेलता है। गर्मियों में जी चाहता है—बर्फ़ के रामुन्दर में कूद पड़ें और कोई बोले तो मुँह पर मारें। घिस-घिस गर्मी, हल्का-हल्का दर्द, पंखा नहीं तो मालूम हो कोई उबाल रहा है। होले-होले पंखा चलाओ तो सर घूम जाए, तौबा! और जाड़ा-सुस्ती-नींद, ठंड-ठंड हर चीज ठंडी—दिल भी ठंडा बसंत आई और कले फूले सोई-सोई चीज़ें कुलबुलाई। बे-बात रग-रग में शरारत ने चुलबुलापन शुरू किया। बेचैनी ने गुदगुदाना शुरू किया और होली पर फट पड़ा पहाड़—अगर होली न आए तो यह दिल दीवाना होकर छाती फाड़ कर निकल भागे—थमा दरिया कितनी देर थमे और फिर जब बंद में दम भी हो। मगर बन्द बाँधे ही क्यों? होली के दिन तो आशा भी झूम निकली—भाभी की तो ख़ैर, सुबह से हद-गत ही थी। रंग की डली बनी हुई थी। तीन धोतियाँ बदल चुकी थीं, और फिर भी खाल तक रंग उतर गया था, ये गुलाल में क्या तासीर होती है, क्या कोई कीमयावी जुज़्व[1] ऐसा भी होता है जो शराब का असर रखता है, जितना मलो उतना ही इंसान पर भूत सवार हो जाता है।

आज तो बड़े भैया भी न बचे थे। भाभी के बाद आशा ने इन्हीं की गत बनाई। भर-भर बाल्टी वह इन्हीं पर डालती थी, और गुलाल भी थोपा और ख़ुद क्या फुर्ती से साँप की तरह पिघल जाती और इधर पूरन ने मैदाने-हश्र बरपा कर रखा था। जब भाभी औंधी लेट गई तो वह भोला की ताई पर फैल पड़ा।

"अरे मुंडे! तेरा मेरा क्या मेल।" वह मर्दाना आवाज़ में गुर्रायी।

"अरे भोला की ताई, तेरे सिवा किससे हो सकता है। देखो गये जनम में तुम ज़रूर मेरी थी, जभी तो।"

---

1. रासायनिक तत्त्व

झुलसे हुए बालों में अभ्रक और गुलाल ने गुलज़ार खिला दिए और फिर भोला की ताई की पुरमानी दक़ीक़ गालियाँ।

"अरे पूरन ज़रा इसे आशा को ले।" बड़े भैया अपना पीछा छुड़ाने को बोले। "अब इसे भुगतो तो जानू...डाल...अरे डाल।"

लोग चारों तरफ़ से आशा को शै देने लगे, और वह सटपटाई। पूरन पूरे जलाल से बढ़ता आ रहा था। पानी तो उसने गिलास भर डाल दिया, गुलाल का हाथ रुक गया। उसके मुँह पर रंग न होता तो कोई देखता कहकशाँ[1] की बहार।

पूरन क्यों चूकता। उसने तो उसे बेदम कर दिया। कीचड़, फिसलन, नाक, मुँह आँखों में रंग की बदलियाँ छायी हुई और आशा का घबराया हुआ दिल। पैर जो फिसला तो बरामदे से नीचे।

"मारे डालेगा। पूरने के बच्चे।" भाभी चील की तरह झपटी।

"देखो तो कैसा सूजा है।" भाभी प्यार से आशा का पैर सेंकती जाती थी और पूरन को सलवाते सुना रही थीं। "आपे में थोड़े रहता है।"

"अरे भाभी, अब छोड़ो भी। पूरन आकर पास ही बैठ गय" और रुई सेंक-सेंक कर भाभी को देने लगा।

"शर्म नहीं आती...ये नहीं देखते—देव के देव और ये ज़रा-सी छोकरी. ..महेश से खेलता तब बताता वह तुझे।" भाभी अपने भैया महेश को बस जाने क्या समझे थी।

"मगर भाभी कोई लड़कों से भी होली खेलता होगा। महेश से क्यों खेलता।"

"तो फिर तुझे इस कमज़ोर नन्ही पर ही बस चलाना आता है।

"मैं बताऊँ भाभी।" भाभी ग़ौर से सुनने लगी। "ये करो कि एक छुरी लो और गर्दन पर चला दो—समझीं।"

"हाय राम!...मगर... ।"

"मैं...मैं...मैं न..." कोई रोया और भाभी झपटीं। पूरन रुई सेंकता रहा।

"ख़ूब डाँट पड़वाने की तरकीब निकाली।" वह रुई आशा के पैर पर रखने लगा। आशा ने रुई लेनी चाहिए।

"मैं सेंक दूँ, फिर भाभी से डाँट डलवाओगी।"

---

1. आकाशगंगा

मगर आशा ने दोनों हाथों से पैर छिपा लिया।

"अब अच्छा हो गया। ख़ूब, इतनी जल्दी अच्छा भी हो गया।"

"हाँ आशा ने जल्दी से फ़ैसला किया।

"मैं कहता हूँ!...भई...", वह लाचार हो गया।

"देखो, फिर मैं कह दूँगा भाभी से।" वह डराने लगा।

"क्या कह देंगे।" आशा परेशान हो गई...कितने बहुत से चोर थे उसके दिल में।

"यही मैं कह दूँगा...फ़ौरन कह दूँगा।" आशा डर कर ताज्जुब से उसका चेहरा तकने लगी। "हाँ अब ठीक है।" वह उसका पैर सेंकने लगा।

"देखो बात ये हुई...ये बात हुई।" वह आशा को बातों में लगा रहा था। आशा सांस रोके ऐसे सुन रही थी गोया अब उसने कोई अहम राज़ खोला और अब खोला।

"सुनो मैं यह कह दूँगा। मेरा मतलब है अगर तुम पैर ठीक से न सेंकती तब...कह देता।"

"क्या?"

"आशा मुझसे नफ़रत करती है।"

भाभी आ गई और आशा घबरा-घबरा कर उँगलियों से पैर मसलने लगी। चोट कैसी दुखती हुई थी। नफ़रत! नफ़रत तो आशा ने किसी से करना सीखी ही न थी–और पूरन से वह...नफ़रत।

आँख मिचौली

पूरन ऐसा बच्चा तो न था जितना बक़ौल भाभी बनता था। उसे लाड में हमेशा बच्चा ही समझा गया, और फिर चुलबुलापन तबीयत का बच्चा बनाए रखता था। जहाँ उसे मौक़ा मिला और नौकरों के घर के बच्चों के साथ मिल कर ऊधम मचाना शुरू कर दी। मैले, सड़े बच्चे नंगे-नंगे पैर कुर्सियों गद्दों पर चढ़ जाते वह ऊधम मचती कि भाभी का सिर घूम जाता और डंडा लेकर सारे बच्चों पर पिल पड़ती।

दो रोज बाद कमला जी अपने मैके आ रहीं थीं। भाभी ननद की ख़ातिर सारा घर झाड़े फेंक रही थी। कई दिन से पूरन के लिए घर तो मुसीबत हो गया था, जिधर देखो झाड़ पोंछ, दम उलट गया। उसके ख़ुद के कमरे पर भाभी का राज था। ननद के साथ ननदोई भी आ रहे थे और माता जी का घबराहट के मारे बुरा हाल था, बड़े जागीरदार थे, और फिर समधियाना, क्या अजब और समधियाना बढ़ जाए, कमला की छोटी ननद शान्ता कुंआरी थी, और पूरन भी अब जवान हो गया था।

पूरन बच्चों के साथ न जाने किस वक़्त ड्राइंग रूम में घुस आया और शुरू हो गई आँख मिचौली। जब आशा शामते-आमाल से कमरा दुरुस्त करने आई तो ग़दर बरपा था।

"बाहर जाइए! कमरा साफ़ होगा।" उसने कारोबारी लहजे में कहा।

"अब ये कमरा साफ़ होने लगा।"

"जी हाँ।" उसने आहिस्ता से कहा और कुर्सियाँ हटाने लगी।

"जी नहीं...! नहीं होगा। सारे कमरे साफ़ ही हुए चले जा रहे हैं– वाह...! हम यहाँ खेल रहे हैं, आओ तुम भी खेलो आशा!"

"हाँ...हाँ...", बच्चे चिपट गये।

"हाँ भई ये भी खेलेंगी, दाई बनेंगी।"

"नहीं...मैं नहीं खेलती—नहीं भई मैं नहीं।" मगर पूरन ने उसे पकड़ कर कुर्सी पर बैठा दिया।

"हाँ, भई अब शुरू करो, हम चोर", और वह ज़मीन पर फसकड़ा मारकर बैठ गया।

"लो भई ईमानदारी से आँख मींचो।" उसने आशा के घुटने पर माथा टेक दिया।

"जी नहीं... भाभी ने कहा है।"

"कुछ नहीं कहा है...हाँ मींचो...जल्दी-जल्दी और वह उसकी साड़ी के आँचल से अपनी आँखें बाँधने लगा।

"भई चाचा बेईमानी, की नहीं।" निर्मल व्यापारी का बेटा था न।

"अरे ये तुम्हारी आशा जी-जी बेईमानी कर रही हैं, देखो ईमानदारी से मींचो...यूँ...ऐसे हाँ।" आशा के दोनों हाथ पूरन ने अपनी आँखों पर रख लिए। आशा के हवास ग़ायब, उखड़ी-उखड़ी भागने पर तैयार, मगर बच्चे छुप गए और खेल शुरू भी हो गया।

"देखो भई यह बेईमानी है।" आशा ने हाथ छुड़ाना चाहा।

"हाँ, खा जाता हूँ मैं। आख़िर तुम मुझसे इतना डरती क्यों हो, तुम्हारा डर निकाल कर छोड़ूँगा। समझीं आशा देवी! सुनो मैंने कभी तुम्हें दुःख पहुँचाया है, जो तुम मुझे देखते ही घबरा जाती हो? आशा आख़िर क्यों भैया से ख़ूब बोलती हो। भाभी से घुल-घुल कर बातें होती हैं, भोला की ताई तक से हँस-हँस कर दोस्ती की जाती है, एक मैं ही हूँ, बोलो।"

वह आँखें खोले आँख मिचौली के क़वानीन तोड़ रहा था, मगर आशा की बुरी हालत थी।

"छोटे भैया! देखिए, अच्छा मैं फिर कमरा साफ़ कर लूँगी, आप खेल लीजिए।"

"मैं खेल रहा हूँ, पूरन की आँखें बड़े भैया से भी ज्यादा संजीदा थीं...तुम्हें मैं हर वक़्त ही खेलता नज़र आता हूँ। ये सब खेल है ज़िन्दगी...मेरी जिन्दगी...मेरी...मेरी तमाम बातें...ये सब खेल हैं? तुम इसे खेल समझती हो आशा।"

"मैं तुम से खेल रहा हूँ?...तुम्हें कैसे यक़ीन दिलाऊँ आशा।"

"छोटे!" कोई बच्चा पुकारा।

"कि ये खेल...मैं खेल नहीं रहा हूँ आशा...सुनो! मैं...मैं" वह परेशान हो कर निर्मल बोला।

"अरे भई छोटे!!" ज़रा बेचैन हो कर निर्मल बोला।

सोफ़े के नीचे झुके-झुके उसकी गर्दन दुःख गई थी।

"तुम...खेल न समझो! परमात्मा के लिए, कोई मैं बच्चा हूँ, सुनो आशा तुम अगर मुझसे नफ़रत करती हो तो ठीक बात है, बिल्कुल ठीक अब मैं समझ गया तुम मुझसे नफ़रत करती हो।"

आशा बेकली से सिर झुकाए बैठी थी, उसने बमुश्किल पूरन की तरफ़ देखा...वह कोई बच्ची न थी, बल्कि बदक़िस्मती से वह बच्चा न थी, वह ख़ूब समझ रही थी, आज से नहीं, न जाने कितने दिन से, उसका रुआँ-रुआँ समझ रहा था।

"भाभी आती होंगी।" उसने उसका सिर हटाना चाहा।

"चाचा...भई छोटे...हम नहीं खेलते, शीला बड़बड़ाई कहीं कोने में से।

"बस मेरी बात का जवाब दो, तुम्हें मुझसे नफ़रत है।"

आशा को थोड़ी देर तक सिर उठाने की हिम्मत न हुई और फिर वह अपनी आँखें तो उठाते ही काँप रही थी, मगर उसने हिम्मत की न जाने कैसे, बस सिर उठाकर उसने पूरन की आँखों में अपना जवाब डाल दिया और फिर उसका चेहरा दोनों हाथों पर झुक गया।

"आशा" भाभी की आवाज़ आई...पूरन जैसे सकते में बैठा ख़ूब पकड़ने की कोशिश कर रहा था। संजीदगी जो ज़रा देर पहले उसके चेहरे को नीम मुर्दा बनाए थी, यकलख़्त[1] काफ़ूर हो गई, एक सैकिंड को वह रुका और फिर 'छूटे' मसर्रत और जज़्बात का चश्मा-सा बह निकला और वह बच्चों में उलझ गया। आशा जैसे कुछ बिखरी हुई चीज़ समेटने अंगीठी के पास झुक गई, वह डर के मारे आँखें मींचे हुए जल्दी-जल्दी क़ालीन पर टटोल रही थी उसका जी चाहता था ज़मीं में उतरती चली जाए, और ठीक उसके कलेजे में छुप जाए।

"ये क्या हो रहा है?" भाभी ने बमुश्किल चीख़-पुकार में चिल्ला कर पूछा।

"आँख मिचौली...भाभी...!" पूरन ने मस्त शराबी की तरह झूम कर कहा, "आओ तुम भी खेलो।"

---

1. एक पल में

"चूल्हे में जाए आँख मिचौली, आशा ये कमरा साफ़ हो रहा है?"

"बात ये है भाभी कि हम आँख मिचौली खेल रहे थे और...आशा जी दाई बनी थी।"

"हाँ...और...भाभी दाई बनेंगी।" वह भाभी को गोद में उठा कर घूमने लगा।

"हाय पूरन...अरे पूरन...छोड़ मुझे।" भाभी के गुदगुदियाँ इतनी हुई कि वह बच्चों को डाँटना भूलभाल अपनी जान छुड़ाने लगी।

देवरानी

देवर जितना चटपटा लफ़्ज है उतना ही देवरानी सूखा-सूखा। जब तक देवरानी नहीं आती, भाभी ही घर की रानी होती है और देवर जी की दिलचस्पी का मर्कज़! इधर आई देवरानी उधर चला देवर। अब वह हर बात आकर भाभी ही के कान में नहीं कहता बल्कि चुपके-चुपके अपनी रानी से भाभी की शिकायतें सुन-सुन कर ज़हरीला कांटा बनता जाता है, वही भाभी जिसे देखे बिना खाना कड़वा लगे, जिसे रुलाने में मज़ा मिले और रूठने पर गले में बाँहें डालने को मिलें जब रानी आ जाती है तो 'नमस्ते भाभी जी' रह जाती है।

"भाभी तब तो दो हो जाएँगे, वह तेरी गत बनाएँगे कि याद ही करेगी।" भाभी के शादी के ज़िक्र पर बोला।

"ऊँह! दो हो जाएँ कि चार हो जाएँ, तुम भी सदा पिटोगे और वह भी।"

"और भाभी तुम उसे मारोगी–जी न दुःखेगा तुम्हारा।"

"शरारत करेगी तो पिटेगी ही।"

"और जो वह बहुत भोली भाली हुई तब?" पूरन ने आशा को उचटती हुई निगाहों से देखा जो मुन्ने को लिए घास पर ज़रा दूर बैठी थी।

"भगवान न करे जो तेरी बहू भोली हो, चबा डालेगा तू फिर उसे।"

"अरे भाभी...तोबा-तोबा...कोई मैं कुत्ता हूँ, वाह क्या समझ लिया है लोगों ने मुझे?"

"बस हम तो कोई सुंदर-सी ढूँढ रहे हैं।"

"ढूँढ़ रही हो...वाह कब तक ढूँढ़ोगी? जब बूढ़ा हो जाऊँगा तब ढूँढ़ चुकोगी।"

"है तो भई एक नज़र में...एक सुन्दर है कि क्या बताएँ।"

"सच भाभी? और मेरी भी नज़र में एक बहुत सुंदर-सी है।"

आशा जल्दी से मुन्ने के सिर की आड़ लेने लगी। बहाना मिलता तो वह कभी की भाग गई होती।

"भला कहाँ होती तुम्हारी नज़र में? चल झूठे! पूरन तूने देखा है...कमला की ननद को।"

"कमला की ननद को तो नहीं–हाँ...कमल देखा है।"

"वह आशा की आँखें ढूँढ़ने लगा, मगर वह ऐसे घास को घूर रही थी गोया इसमें कहीं घुसने के लिए सुराख़ तलाश कर रही हो।

"क्या शांता भी आ रही है?" बड़े भैयाजी बोले–जो ज़रा हट कर आराम कुर्सी में लेटे अख़बार पढ़ रहे थे।

"नहीं–आ तो नहीं रही है–पर तुमने देखा है उसे।"

"हाँ, छोटी-सी को देखा था–एफ.ए. में पढ़ती है शायद?"

"और क्या?" भाभी मुन्ने को संभालने लगीं, जो आशा के पास से रेंग आया था, और वह कुछ खोई-सी भागने का बहाना ढूँढ़ रही थी, वह उठने ही वाली थी कि भाभी बोली।"

"आशा इसे ले बला को...।" आशा लेने लगी मगर मुन्ना अकड़ गया, और पूरन पर चढ़ आया।

"देखो भाभी कितना ही मारता हूँ मगर बड़ा ही ढीठ है, हँसता ही रहता है।"

"तुमने ही कर दिया ढीठ इसे।"

"भई, भाभी अपनी देवरानी तो तुम मुन्ने की शक्ल की ढूँढ़ कर लाना।"

आज देवरानी के ज़िक्र में पूरन को चाट का मज़ा आ रहा था।

"ओ हो...क्या मिसाल दी है, इस बन्दर की शक्ल की।"

"अच्छा तो, फिर अपनी शक्ल की लाना...मुन्नी-सी, दुबली-पतली...ये क्या बात है कि भाभी तुम्हारे चुग़द जैसे भाई तो हैं और बहिन एक भी नहीं।"

"भाभी अपनी नन्हीं-सी बहिन को याद करने लगी जो चेचक में मर गई वरना उससे अच्छी देवरानी कौन हो सकती थी और वह उसका ज़िक्र करने लगी कि कैसे घुटनियों वह चलती थी, और तुतलाती और उससे लड़ती थी।

"ऐ है! भाभी भला इतनी-सी तोतली बीवी किस काम की।"

"अई, तो क्या वह अब भी तोतली ही होती, निर्मल से चार साल बड़ी

थी, ख़ासी बारह तेरह की होती।

"ऊँ हूँ ये बात नहीं पसंद आई, भई ये आख़िर बड़े भैया में क्या लाल जड़े हैं कि उनकी बीवी इतनी अच्छी, भैया हर बात में अव्वल रहते हैं। दुनिया में पहले आप आएँ और पहले ही से इतनी अच्छी बीवी झपट ली, आख़िर मैं क्यों पहले पैदा न हुआ।

"चल पगले।" भाभी शर्मा गई और बड़े भैया भी बीवी की तारीफ़े-हुस्न से झेंप कर मुस्कुराने लगे, ये पूरन हमेशा ऐसे ही बका करता था।

"अरे!" पूरन अपने क़लम का दर्दनाक हश्र देख कर तड़प गया। भैया ने न जाने कब उसकी जेब से निकाल कर उससे ज़मीन खोदनी शुरू की और अब जो उसमें से सियाही निकल रही थी वह मज़े से मुँह बना-बना कर पी रहा था।

"ए हे...जभी मैं कहूँ कैसा चुपका पीठ किए बैठा है।"

"पाजी कहीं के!" पूरन ने उसके गाल नोचे और उसकी मोटी-मोटी टांगे पकड़ कर घसीट लिया।

"ए वाह चल मेरे बच्चे को छोड़।"

"आज भाभी इसे मार डालूँगा...इक्कीस रुपए का क़लम था मेरा।"

"चलो तुम इसके अब्बा का कलम ले लेना, इनके पास दो हैं।"

हम किसी के अब्बा-वब्बा का कलम नहीं लेंगे, आज इसकी बोटियाँ करूँगा।" पूरन ने उसे घुटनों पर बैठा लिया..."क्यों अरे शैतान," उस शैतान ने एक तमाचा दिया सियाही भरे हाथ का।

और भाभी हँसी के मारे घास पर औंधी हो गई।

"हँसती क्या हो...अब तुम देखती जाओ मैं क्या करता हूँ इसके साथ।" उसने बच्चे को उठाकर हवा में उछालना शुरू किया, और फिर उल्टा लटका कर टाँगे पकड़ कर झुलाने लगा।

"हाय पूरन...मेरा भैया...ऊई...उसकी आंते लौट जाएँगी, हाय मेरा बच्चा" भाभी रोने को तैयार थी। मगर मुन्ना नीली सियाही लिथड़े हुए मुँह से हँसे जा रहा था और जब भाभी उसे लेने लगी तो पूरन के कंधे से लिपट गया।

"भई बड़ा पक्का है?" उसके बाप बोले।

"यूँ न मानेगा"। पूरन ने उसका कल्ला पकड़ कर खींचा। तब ज़रा वह बिसूरा।

भाभी चीखी और आशा मुन्ने को छीन ले गई।

"ठहर जा, पूरन याद रखियो तेरे बच्चों की भी यही गत न बनाई हो तो नाम नहीं बल्कि उससे भी ज्यादा।"

"अजी होश में, मेरे बच्चे मुफ़्त के थोड़ी होंगे।"

"और क्या मेरे मुफ़्त के हैं।"

"न होंगे, मोल लाई होगी, मगर मेरे बच्चों को तुम नहीं मार सकती।"

"क्यों जी क्यों नहीं और तुम मारो।"

"नहीं मार सकतीं बचा लेंगे।" कोई बचा ही लेगा, जब तुम्हारे बच्चे बचा लिए जा सकते हैं तो हमारे क्यों न कोई बचाएगा।

"अरे तेरे बच्चों को मुझसे कोई नहीं बचा सकता। तूने मेरे बच्चों को ऐसा-ऐसा मारा है कि बस।"

"वाह भई ये खूब! हमारे भैया बचा लेंगे, और कोई बचा लेगा, आशा बचा लेंगी...क्यों आशा।" आशा जल्दी से मुन्ने के जूते की घुंडी टटोलने लगी।

हाट

आशा को राजा साहब के यहाँ आए साल होने को आया। गाँव क्यों जाती और कौन बुलाता। मगर गाँव में हाट लग रही थी, और ऐसे वक़्त में रंजी की माँ को आशा भी याद आ गई। क़र्ज़-उधार करके रंजी ने नया जोड़ा बनाया, माँ-बेटे राजा साहब के यहाँ पहुँचे। आशा अकेली जाने में ज़रा डगमगा रही थी कि रंजी की माँ ने चमकी को भी साथ ले लिया और छोटा-सा क़ाफ़िला चला। रंजी की माँ ख़ासा चल सकती थी, मगर वह रास्ते ही में किसी से गप्पें मारते रह गई और रंजी, आशा और चमकी को ले कर चले। हाट की शान, रास्ते की धकापेल और भीड़भाड़ ही से मालूम हो रही थी, इसके अलावा रंग-बिरंगी चुन्दरियों, पगड़ियों और टोपियों के सैकड़ों खिलौने वाले काग़ज़ के पंखे और चिड़िया लंबे से बांस में लटकाये लपके चले जा रहे थे, गज़क और चाट के खोमचे और तेल की मिठाइयाँ मए मक्खियों की भुनकार के, रंगीन चुटलों वाले और मोतियों की कंठियों वाले सौदागर भी हाट की तरफ़ बढ़े चले जा रहे थे और साथ-साथ सैकड़ों लावारिस गधे, दखनी गायें, कटखने कुत्ते भी तुन्दही से हाट की रौनक़ अफ़जाई को भीड़ में मिले हुए थे और हाट में तो मालूम होता था, दो रोज़ के लिए जन्नत नीचे उतर आई है। अलावा बांस और काग़ज़ से बनी हुई ताज़ियानुमा दुकानों के ज़मीन पर हज़ारों बेशक़ीमती अशया रुल रही थी। जापानी खितौने, मिट्टी की मूर्तियाँ, रबड़ के ग़ुब्बारे और सीटियों के पहिए जिन्हें बजा-बजा कर फ़रोख़्त करने वाले आए, हवास गुम किए दे रहे, उनके अलावा भालू और बंदर, पाँच पैर की गाय, दूसरे के बछड़े का लाशा, आदमी के मुँह जैसी लोमड़ी अजीबो-ग़रीब करतब दिखाने वाला मदारी और बंदरों से भी ज़्यादा फुर्ती से बाँसों पर उचकने वाले। और रंजी बिल्कुल अंग्रेज़ी चाल से दोनों लड़कियों को सैर करा रहे थे। आलुओं की चाट,

दही बड़े और तिल पापड़ी वाला दिला चुके थे। काकरेजी किनारे का साफ़ा उनके सियाह रंग पर फूटा निकल रहा था और धारीदार पीली क़मीज़ का दामन हवा की शरारतों से तड़प कर उनकी बारीक धोती में झलकते हुए गुलाबी जाँघिए का हुस्न भड़का रही थी। नए चारख़ाने के मोज़े, सुर्ख़ रबड़ की मदद से बालोंदार पिंडलियों पर फब रहे थे, और फिर गिलट की बड़ी-बड़ी अँगूठियाँ और सुर्ख़ जापानी रेशम के रूमाल तो दिल खींच लेता था। कई बार मेहतरानी ने आँखें भी मटकाईं, रूपा की बेवा बहू शर्मायी और दो चार या दोस्तों ने गालियाँ गुनगुनाईं। मगर रंजी उस वक़्त बहुत ऊँची सोसाइटी में थे। वो आँखें घुमाते नीचे का आगे को निकला हुआ चौखटा समेटे आगे बढ़े गए।

आशा नानी की ज़िंदगी में हाट तो हाट कभी नुक्कड़ की दुकान से पैसे का तेल लेने भी न गई। तरह-तरह की चीज़ें, अजीब-अजीब इंसान, नए-नए खेल-तमाशे देख कर उसे चलना भी याद न रहा। वो हर सामने वाले से टकरा जाती और हर पीछे आने वाला उसको मुँह के बल धकेल देता और इस धक्का पेल में वो लाल घोड़ी पर हैट लगाए पूरन को देख कर तो सचमुच औंधी हो गई न जाने क्यों उसका दिल चाहा कि कहीं छुप जाए मगर पूरन जमींदारी की शान में अकड़ते आगे निकल गए और उसकी जान में जान आई।

लेकिन ज़रा-सी देर के बाद जब वो ख़रबूजे के बीजों की पहुंचियों का मोल कर रही थी, तो पूरन बिल्कुल ही करीब आ जाते। उन्होंने शायद उसे देख लिया! मगर देख लेते तो उनके दाँत क्यों छिपे रहते। और ये दोनों बहुओं के बीच में बैठी कैसी पहुंचियाँ छोड़-छोड़ वो जल्दी से आगे बढ़ गई। मगर लाल घोड़ी कहीं भीड़ से रुकती थी। वो जब कठपुतली का तमाशा देख रही थी, तब रंग-बिरंगे चुटले सुना रही थी जब, और फिर जब वो सोडा पी रही थी, और गज़ब तो जब वो रंजी के हाथ से चांदी का वरक़ का पेंडा लेने में हील-ओ-हुज्जत कर रही थी, घोड़ी सर पर सवार हो गई और सवार? सवार तो घोड़ी पर सवार ही था। हाँ उसकी भवें और टेढ़ी हो गईं और चेहरा भभक उठा। आशा की उँगलियों से पेड़ा छूट पड़ा और जमीन पर मुँह खोल कर फैल गया। ख़ैर दूसरा सही। कोई वाक़ई में चांदी का वर्क थोड़ी था। गिलट वगैरह का होगा। और सोने पर सुहागा कि ये चमकी न जाने किधर चमक गई! अभी तो खड़ी लछमी को चूड़ियाँ गिना रही थी और एकदम फुर से उड़ गयी।

"अब घर चलो, चमकी कहाँ है।" आशा ने एक नामालूम ख़ौफ़ को छुपा

कर कहा।

"अभी से...अभी तो दिन पड़ा है।" हालाँकि मशरिक़ साँवली हो चली थी। मगर रंजी सूरमा की तरह सीना ताने चल रहे थे। आज बेतरह उन पर रंग चढ़ा हुआ था। पान पर पान पीसे जा रहे थे और बंडलों बीड़ियाँ भस्म कर डाली थीं। पर उनकी चाल मस्ताना और बीड़ियों का धुआँ गहरा होता जा रहा था।

"चमकी कहाँ चली गयी, मुझसे कहा तक नहीं।"

"लछमी वग़ैरा के संग होगी, चलो कुश्ती देखोगी।"

"नहीं!" आशा जल्दी से सर हिला कर बोली। भला कोई कुश्ती भी देखने की चीज़ है नंगे गोश्त के ढमे धूल में लोट रहे हैं। आसपास खड़े हुए गुंडे गालियों के साथ नई-नई भयानक तरकीबें बता रहे हैं। आशा को ख़याल से ही फुरेरी आ गई। वो दूर से ही स्याह भट पहलवानों की नंगी रानें देखकर लरज गई।

"तो चलो शर्बत पिएँ, चमकी मिल जाएगी, तुम डरती क्यों हो।" रंजी ज़रा और पास चलने लगे।

शर्बत की दुकान पर आशा के और भी आए हवास जाते रहे। शर्बत पीने वाले डरावने अंदाज़ में कुछ खड़े और कुछ ज़मीन पर लौट रहे थे। एक ग्रामोफ़ोन अपनी पूरी रफ़्तार से काँए-काँए कोई रिकार्ड बजा रहा था जैसे ही ये दोनों पास पहुँचे उन्होंने बेतुकी बातें बकनी शुरू कीं। गंदली और बलगम के रंग की पीली-पीली आँखें अजीब-अजीब इशारे करने लगीं और फिर शरारत की मीठी-मीठी सड़ांध, बीड़ियों का धुआँ और ग़लीज़ फिक़रे, आशा का जी मतलाने लगा।

"यहाँ से चलो" वो रोनी आवाज़ में बोली। उसने लाल घोड़ी और उसके लाल आँखों वाले सवार को भी देख लिया था।

"बस अभी चलो, चलो।" वो एक तरफ़ चलने लगी।

"उधर कहाँ, आओ मैं चलता तो हूँ।" रंजी आशा से डरता भी था दूसरे लोगों के फ़िक़रे उसे और बौखलाए दे रहे थे। तीसरे लाल पगड़ी वाले सिपाही की आँखे बड़ी देर से उस पुरमअनी अंदाज से घूर रही थीं।

"तुम ज़रा यहाँ ठहरो मैं अभी चमकी को लाता हूँ।" रंजी थोड़ी देर ज़रा हवास दुरुस्त करने के लिए अलग चल दिया वरना वो ख़ूब जानता था कि चमकी ख़ुद ही मिलना चाहे तो मिलेगी। आशा टट्टी का सहारा ले कर दिल को सँभालने

लगी।

"हूँ तो ये मज़े हैं।" आशा ने चौंक कर उधर देखा और अगर वो जल्दी से न हट जाती, लाल घोड़ी ज़रूर उसे दल के रख देती।

"ये तुम्हारे साथ बदमाश कौन है।" शराफ़त और रक़ाबत[1] का जोड़ तो नहीं फिर भी पूरन कभी दो दफ़ा एक बात पर ग़ौर कब करता था।

"रंजी", आशा ने टट्टी के तिनके कुरेदते हुए कहा।

"नजी, नाम तो बहुत प्यारा है, मुझे नहीं मालूम था कि शर्बत से भी दिलचस्पी है।" आशा ने शर्बत की तरफ़ आँख भी कब उठाई और वो शर्बत था कम्बख़्त कुत्ते की क़ै जैसी तो बू थी।

"तुम्हें अकेले आने की किसने इजाज़त दी।"

"चमकी आई है।"

"मगर तुम आई ही क्यों, और फिर इस तरह बीड़े चबाते और ताड़ी पीते तुम्हें शर्म नहीं आती।" पूरन ने जी संभाल कर कहा वरना मालूम तो ये होता था। जैसे बस चले तो उस हंटर से उसकी खाल उधेड़ दे। जो वो टट्टी के बाँसों पर ताव खा-खा कर मार रहा था। काश वो आशा की खाल हंटर से नोच डालता। मगर ऐसे तो न बोलता। उसे जवाब भी देना न आया।

"तुम्हारा जी चाहे जो करो, मगर याद रखो सब जानते हैं कि तुम हमारे घर की नौकर हो, बदनामी तो पिताजी की होगी।" आशा को हैरत हो रही थी, कि पूरन इतने गन्दे अल्फ़ाज़ भी जानता है। हाँ वो उसकी नौकर थी। नौकर ही तो थी, उसका जी चाहा टट्टी के खुरदरे तिनकों से अपने हाथ छील कर ख़ून बना ले और कलेजा फाड़ कर रोए वैसे ही कलेजे पर इतनी देर से पत्थर रखा हुआ था।

"और बनती कितनी भोली थीं, अगर कोई ज़रा-सी बात पूछे तो ऐसे लरज़ जाए गोया है बड़ी भोली बच्ची। मुझे नहीं मालूम था।" पूरन चबा-चबा कर उसके मुँह पर सख़्त-सख़्त कंकर जैसे मार रहा था। और वो और भी डर रही थी, घोड़ी बेचैनी से पैर और हंटर बांस पर सड़ाक-सड़ाक चीख़ रहा था।

घोड़ी एकदम से तड़पी, पूरन ने अपना सारा ज़ोर लगा कर उसकी पसलियों में अपनी ऐड़ियाँ घुसा दीं। वो ज़ोर से छींकी और आशा को पिस जाने से बाल-बाल बचता छोड़ कर आगे बढ़ गई। घोड़ी भी उसके जन्म में थूक रही थी।

---

1. प्रतिद्वंद्विता का भाव

मगर उसके लिए ज्यादा देर खड़े रहना दूभर हो गया। हर फिर कर चंद गुंडे उसके पास से खाँसते गुज़र गए और फिर रसीले गीत झाड़ने शुरू किए। आशा डर के भागी। दो-एक ज़रा दूर खड़े आहिस्ता-आहिस्ता रानें खुजा कर मीठी-मीठी नज़रों से देख रहे थे और क़रीब-क़रीब सब उस पर आशिक़ हो चुके थे। वो सख़्त मुहय्युर[1] थी कि इतनी जल्दी से वो किस तरह इस क़दर तुन्दही से आशिक़ हो सके होंगे। वो वहाँ से हटकर बीचोंबीच में खंभे के पास खड़ी हो कर चारों तरफ़ परेशान आँखों से घूरने लगी।

ज़रा ही दूर पर उसने देखा चमकी सहेलियों के हुजूम में शर्मा-शर्मा कर घोड़ी के बाँके सवार से बोल रही थी। जिसकी आँखें तो हैट के नीचे थीं, मगर होंठ शरारत से फड़क रहे थे।

"आतिशबाज़ी नहीं देखोगी?" चमकी ने आशा की चलो, चलो पर हैरत से कहा। "वाह आतिशबाज़ी का सारा मज़ा है। आज छोटे भैया भी हैं, देखा तूने? ऐसे बुरे हैं?" चमकी ने हँसी रोक कर मुँह सिकोड़ा, "लेके सभो के सामने कहने लगे, चमकी घोड़े पर बैठेगी। थक गई होगी। हुँह।"

चमकी को आतिशबाज़ी अच्छी तरह सुझाई भी न दी। उसके सीने में ख़ुद आतिशबाज़ी-सी छूट रही थी। हमारी ज़िंदगी के वाक़ियात भी किस क़दर आतिशबाजी से मिलते-जुलते होते हैं।

वो अनार-सा छूटा जगमग करता हुआ बगूला-सा उठा और रुआँ-रुँआ चमक उठा और फिर वो तारीकी। वो फुलझड़ी छूटी। रूह की गहराइयाँ तक कौंद उठीं और फिर अँधेरा घुप्प! और फिर ज़िंदगी कैसी फीकी-फीकी लगती है। जैसे बारूद जल जाने के बाद अनार का ख़ाली मिट्टी का खाला मिट्टी का खोल या फुलझड़ी का तार।

---

1. आश्चर्यचकित

नफ़रत

जब हाट से थकी हारी आशा अपनी कोठरी में पहुँची तो उसका बदन पके फोड़े की तरह दुख रहा था। जब उसने पैरों के छालों पर से मिट्टी हटाने के लिए पानी डाला। तो दुख के मारे नसें अकड़ गईं और पसीना आ गया। मगर उनसे ज़्यादा बड़े-बड़े आँवले उसके दिल और दिमाग़ में पड़ गए थे। उसका जी चाहता था कि सब सो जाएँ तो वो ख़ूब तकिए में मुँह घोंट कर रोए। ज़ब्त की वजह से कनपटियाँ फटी जा रही थीं। और भवों में दुखन थी। बदन तो था ही। आख़िर उसका दिल क्यों इस कदर कमज़ोर था। नानी उसे सत्यानासी कहा करती थी। मगर इसमें उसका क्या कसूर था। उसे तो कुछ दुनिया में आने की ऐसी जल्दी भी न थी, ये तो उसकी कमसिन माँ थी। जो कहीं फिसल-फिसला गई होगी। और वो क़ब्ल-अज़-वक़्त दुनिया में गई।

खाने पर उसने देखा कि पूरन ने न तो भाभी को छेड़ा न बच्चों की चुटकियाँ लीं, और न ही बात बे-बात कहकहे लगाए।

"ऐ हे आज तो बड़े चुपके बैठे हैं।" भाभी ने कहा। मगर पूरन न जाने क्या देख रहा था। भाभी ने शरारत से चमचा भर नमक उसके शोरबे की रकाबी में डाल दिया और उसका कांधा हिलाया।

"अरे क्या सो रहे हो, क्या सारी रात तुम्हारे लिए खाना लगा रहेगा।" पूरन जल्दी-जल्दी शोरबा पीने लगा।

"अच्छा भाभी मेरी भी कभी बारी आएगी।" पूरन सबके हँसने से आज खिसियाना हो गया। चमकी ने दूसरी रकाबी रख दी और वो जल्दी से शोरबा पीने का बहाना करने लगा। मगर आज मामला बेढब था। पूरन ने न तो खाया ही, और न ही बोला। आशा जब उसकी दिलपसन्द भुनी हुई दाल लाई तो बोला,

मुझे नहीं चाहिए। उसने पहले लेना चाहा फिर आशा का मुँह देखकर जैसे चिढ़ गया और चमकी की थाली में से पापड़ चबाने लगा। आशा सहम कर जल्दी से दूर हट गई।

"क्यों जी, तुमने मेरी आशा को कैसे डांटा? ऐसे बोलते हैं? किसी इंसान से।" भाभी बोली।

"मैं भला कौन होता हूँ आपकी आशा को डाँटने वाला। भूख न हो तो क्या करूँ?"

"माफ़ कीजिएगा!" और वो थोड़ी देर बाद चला गया।

"तुमने कुछ भी तो न खाया पूरन।" भाभी फिक्रमंद हो गई।

"कुछ तबीयत ठीक नहीं है" वो सीधा कमरे में गया। दूसरे रोज़ इत्तफ़ाक़ कहिए या कुछ लू वगैरा लग गई। पूरन को वो ज़ोर का बुखार चढ़ा कि बिल्कुल कई दिन बेहोश रहा। बुखार उतरता भी न था। ज़रा कम होता तो बदमिज़ाजी सवार हो जाती। आशा को तो कमरे में जाते डर लगता था लेकिन न जाने कौन-सी ताक़त उसको पकड़-पकड़ कर खींचती थी। और वो बार-बार काम के बहाने से दरवाज़े तक ही हो आती, रात अच्छी न कटी और भाभी थक कर चूर हो गई। आशा जो दरवाज़े के पास से गुज़री तो उसने उसे बुलाया।

"आशा मेरी गुड़िया...ज़रा यहाँ बैठ जा। मैं अभी आई। बैठे-बैठे जी उलट गया और वो बे-पैर चली गई। आशा ख़ामोश स्टूल पर बैठ गई। आज कई दिन बाद उसने पूरन को ग़ौर से देखा, वो कितना बड़ा लग रहा था। बिल्कुल राजा साहब की शक्ल। दो दिन के बाद बुख़ार ने ज़द कर दिया था। और होंठों में कितनी तल्ख़ी थी। बाल भी उलझे पड़े थे। आशा का जी चाहा कोई उनका छल्ला-छल्ला सुलझा दे और उनकी थकी हुई कनपटियों पर कोई प्यार से उँगलियाँ फेरे। शायद सोते में भी रूह इंसान की देखभाल करती है। आशा की आँखों ने पूरन को जगा दिया। उसने दो एक बार आँखें झपकाईं और फिर आशा को देखने लगा। ऐसे कि आशा कुछ परेशान हो गई। बुखार ने उसका दिमाग़ ज़रा परेशान कर दिया था। और ज़रा बहक गया था। एकदम से उन आँखों में कई दिन की ग़ायब रोशनी उभर आई और होंठ शौक़ से खुल गए।

"आशा...", वो कोहनी के सहारे उठा। आशा जल्दी से खड़ी हो गई। उसकी समझ में न आया कि क्या करे। पूरन थोड़ी देर तक उसे देखता रहा कि एकदम उसकी नज़र उसकी चूड़ियों पर गई जो उसने रंजी को आशा को

देते देखी थीं और वो कंठी सफेद मोतियों की और चुटला, एकदम से जैसे किसी ने कोहनी का सहारा खींच लिया और वो तकिए पर गिर पड़ा। आशा ने जल्दी से उसका सर ठीक करना चाहा मगर जैसे उस पर भूत सवार था।

"ऊँह रहने दो...ये सब कहाँ चले गए।" वो परेशानी से चारों तरफ़ सर घुमाने लगा।

"क्या बुला लाऊँ भाभी जी को...", आशा दरवाज़े की तरफ मुड़ने लगी।

"भगवान आख़िर ये सब कहाँ चले गए, क्या सब मर गए, चमकी कहाँ गई।"

"भाभी जी थक गई थीं और चमकी...को बुला लाऊँ!"

"भाभी थक गई...मगर तुम्हें क्यों तकलीफ़ दी गई, क्या कोई और घर में नहीं", पूरन तअन से बोला।

"ओह...कितनी प्यास है...ओह अंधेरा," पूरन घबरा-घबरा कर सर पटख़ने लगा और आशा कभी पानी पर लपकी और कभी सोचा भाभी को बुला लाए। इसलिए कुछ न कर सकी। किस क़दर बेवकूफ़ हो गई थी। हो क्या गई थी वो थी ही पागल।

"वो...मेरा दम घुटा...अँधेरा...ये पर्दे हटाओ।" शाम होने में अभी देर थी मगर कमरे में ज़रा अँधेरा हो चला था। ऐसा कि दिखाई न दे मगर पर्दे हटाने लगी। उसके हाथ और भी काँपने लगे। जब उसने देखा कि पूरन उसे बराबर घूर रहा है।

जब वो उसके पास का पर्दा हटाने लगी। तो उसे बिल्कुल उसके सिरहाने झुकना पड़ा और पूरन की आँखों से बचने के लिए वो झुक गई पर्दा हटा कर वो भाभी को बुलाने चली लेकिन उसने देखा कि पूरन आँखें बंद किए थे। इसलिए वो बैठ गई। पूरन ने थोड़ी देर बाद आँखें खोलीं तो वो जल्दी से खड़ी हो गई।

"भाभी जी को बुला लाऊँ?" वो ख़ुद ही बोली।

"हूँ आपका दिल घबरा रहा है, तो जाइए चली जाइए। रहने दो मुझे। मगर ये चमकी कहाँ गई। जो भाभी ने तुम्हें यहाँ फँसा दिया। मगर तुम चली जाओ।"

"चमकी थक गई थी। वो भी सो गई है ज़रा। मैं..."

आशा पूरन के सख़्त अल्फ़ाज़ सुन कर न जाने कैसे आँसू पिए बैठी थी।

"चमकी सो गई। भाभी थक गई...तुम थक गई जाओ यहाँ से, मुझे किसी

की ज़रूरत नहीं...जाओ..." अब आँसू बहने लगे।

"हूँ, ये अब रोया जा रहा है। मैंने आखि र तुम्हें कहा ही क्या। तुम्हें कोई कह क्या सकता है। जाओ जहाँ जी चाहे जा सकती हो।"

"आप...ऐसी बातें क्यों कर रहे हैं...मैंने..."

"मैं...कब क्या कर रहा हूँ। अब फिर जा कर भैया से शिकायत कर देना कि मैंने तुम्हें रंजी के साथ घूमने पर डाँटा। हुँह! जैसे मुझे कुछ...मुझे क्या।"

"मैंने कब शिकायत की छोटे भैया?"

"अब झूठ भी बोलने लगीं? तुमने भैया से नहीं कहा कि मैं तुमसे ख़फ़ा हूँ। जी मैं क्यों होता ख़फ़ा...मुझे क्या ग़र्ज़। जी हाँ। जैसे..."

"मैंने शिकायत नहीं की, बड़े भैया पूछने लगे। क्या पूरन तुझसे ख़फ़ा है...तो...तो मैंने कहा नहीं, तो इस पर वो बोले कि फिर वो क्यों...क्यों...ऐसा" आशा की समझ में न आया कि क्या कहे।

"ख़ैर तो तुमने शिकायत न की...फिर भी तुम्हें बुरा तो लगा कि मैंने तो फिर से ज़रा सख़्ती से कुछ कहा। मुझे नहीं कहना चाहिए था। उम्मीद की कि...माफ़ फ़रमाएँगी।"

वो बड़े ही तअन से बोला। मगर अब उसे ज़्यादा ग़ुस्सा न था।

"मुझे तो नहीं लगा।" उसने हिम्मत की।

"बेशक न लगा होगा। क्यों मेरा बीच में बकवास करना अच्छा लगता ...मैं कौन...तुम रंजी से मिलो...मैं आख़िर दख़्ल दूँ तो ये बेवक़ूफ़ी है, तुम्हें हक़ है तुम चाहे जिसे चाहो। पूरन मुस्कुराया।"

"आप...आप बहुत बुरे हैं," आशा फूट कर रो पड़ी।

"सुना है तुम्हारी शादी रंजी से तय हो गई थी। मेरी ग़लती थी आशा। मैं बहुत बेवकूफ़ हूँ। देखो ना तुम्हें बे बात डाँट दिया। तुम्हें रंजी पसंद है?"

आशा ने पूरन को ऐसी नज़रों से देखा कि वो हँस पड़ा।

"और आपको आपकी चमकी!" वो दबी ज़बान से सिसकियों को दबा कर बोली।

"चमकी...अरे...मेरी चमकी...कौन कहता है? दश्त," वो उठने लगा।

"किसने तुमसे कहा। बेवकूफ़ हो तुम।"

"जी हाँ...मैं क्या जानती नहीं हूँ," वो बच्चों की तरह बोली।

"मगर...ये कहा किसने कि चमकी।"

''और आपसे किसने कहा। रंजी!''

''आशा?'' पूरन ग़ौर से उसे देखने लगा। जिसका मुँह रोने से फूला हुआ था।

''आशा...मैं बहुत ही बुरा हूँ। मेरी आशा...'' वो खड़ा हो गया।

''लेट लाइए।'' वो उसे धकेलने लगी।

''आशा मैं कितना जल्दबाज़ हूँ। कितना बुरा...'' वो उसे दोनों हाथों से पकड़े था। कुछ कमज़ोरी और कुछ जज़्बात का गल्बा पूरन लड़खड़ाने लगा।

''अरे!'' भैया ने उसे दोनों हाथों में ले लिया। ''ये क्या वाहियात है आशा?''

आशा क्या करती?

''भैया मैं...आप लोग भी किस क़द्र अक़्लमंद हैं। भला मुझ जैसा शरीर बीमार और आशा बेचारी के सुपुर्द कर दिया। भला वो मुझे रोक सकती है... मैं।''

''तुमने रोका भी नहीं। मुझी को बुला लिया होता।'' भाभी बोली।

''अरे भाभी...मैं मानता कब हूँ। वो तो बेचारी लाख रोकती रही, मगर ...हाँ भाभी पानी...'' वो निढाल हो गया। सारे घर में एक गुल पड़ गया, लेकिन आशा इल्ज़ाम से बरी हो गई। जब डाक्टर ने कहा, ''कुछ नहीं! बुख़ार उतर रहा था इसलिए घबराहट शुरू हो गई और अगर आराम-ओ-सुकून मिला तो चंद रोज़ में ठीक हो जाएगा।''

इसके बाद से पूरन वो मसख़रा मरीज़ बन गया कि उसे दो रोज़ पलंग पर लेटना दुश्वार हो गया। सब उसके कमरे में हों। यहाँ तक कि भोला की ताई भी और उन सब में आशा भी आ जाती, जिससे आँखों ही आँखों में पूरन हज़ारों मुआफ़ियाँ माँग चुका था।

''भोला की ताई, तुम अगर मुझसे एक दफ़ा ग़ुस्से हो जाओ तो क्या कभी मानोगी भी नहीं।''

''चल उधर दीवाने।''

''नहीं सच कहता हूँ...कभी तुम्हें कुछ कह उठता हूँ तो क्या गाँठ बाँध लेती हो?''

''क्या?'' भोला की ताई कुछ जो समझे।

''भोला की ताई, देखो इंसान ग़लती करता ही है, क्यों? कौन गलती करे?''

''तुम तो बड़ी कूढ़ दिमाग़ हो जी...भला कैसे गुज़र होगी।''

"गुज़र कर अपनी माँ-बहना के संग।"

"तुम भोला की ताई हुई तो मैं कौन लगा उसका?"

भोला की ताई इस क़दर भयानक-सा रिश्ता बताती कि पूरन चादर में मुँह छिपा लेता।

भला ऐसा मरीज़ कितने दिन लेट सकता था?

ये थी वो नफ़रत जो पूरन के सीधे-सादे दिल में तूफ़ान की तरह फटी और दो झकोले दे कर उसकी हड्डी-हड्डी हिला गई। मगर फिर वही। समझ में नहीं आता कि ऐसी सख़्त नफ़रत हो कैसे जाती है। और फिर भाप की तरह गायब। दिल में ठान लिया कि बस ख़त्म क़िस्सा। बस हो चुका खेल...और वो लीजिए चिकने घड़े की तरह दो मिनट में साफ़! तौबा ये नफ़रत है। मोहब्बत की ही एक शरीर[1] अंगड़ाई कहो।

फिर वही शरारतें, वही भाभी का तनतना। भोला की ताई की गालियाँ और आशा की आँख मिचोलियाँ और बच्चों को छेड़ना। इंसान मोहब्बत में हर वक्त चुलबुलापन क्यों करता है। मन के साथ-साथ हाथ-पैर और आँखें क्यों मस्त हो कर नाचने लगती हैं? और हर चीज़ हँसने-हँसाने के लिए ही नज़र आती है। और संजीदगी कहाँ डूब मरती है कि ज़रा भी कल का ध्यान नहीं आता। मगर औरत? वो कितनी मुख़्तलिफ़ होती है। उसका दिल हर वक़्त सहमा हुआ रहता। हँसती है तो डर के, मुस्कुराती है तो झिझक कर। क़दम-क़दम पर उसे अपने राज़ के ही खुलने का डर लगा रहता है। क्या होगा? कैसे होगा? ये हुआ तो? वो हुआ तो?...और फिर कम्बख़्त नाक़िसुल अक़्ल है।

आशा मुन्ने को नहलाकर उसके बालों में ब्रश कर रही थी। मगर वो था कि बेचैन फिरकी की तरह नाचे जाता था। ये डब्बा उल्टा। वो बोतल खोल डाली, ब्रश छोड़ा तो कंघा करना शुरू कर दिया। सुरमेदानी खोल कर उलट दी। आशा आजिज़ आ गई।

"ऊँह शरीर!" उसने सलाई छीन कर अलग रख दी।

"कौन मैं?", पूरन दरवाजे से मुँह बना कर बोला।

"जी नहीं ये मुन्ना कंघी नहीं करवाता।"

---

1. नटखट, चंचल

"मुन्ना बहुत शरीर है। तुमसे क्या डरेगा। डरपोक कहीं की। ज़रा-सी मेंढ़की से डर जाओ।" सुबह पूरन भाभी को मेंढ़क से डरा रहा था। कोई चने बराबर होगी या ज़रा बड़ी, शायद सेम के बीज जितनी। मगर भाभी सारे घर में चिंघाड़ती हुई दौड़ रही थी।

"यू नहीं ठीक होंगी। पूरन उसे डोरे में बाँध कर इनके गले में डाल दो, तब ठीक होगी तबीयत।" पति महाराज बजाए स्त्री रक्षा के और उसे क़त्ल करने की तरकीबें बताने लगे।

"मेरा भैया पूरन। तुझे मेरी क़सम", भाभी चला रही थी। भाभी को छोड़ पूरन ने वो ज़रा-सी मेंढ़की आशा पर डाल दी जो निहायत बेफ़िक्री से उसकी ग़लत देखने में मशग़ूल थी। और आशा सीढ़ियों पर से ऐसी लुढ़कती भागी कि बस शेर से भी तो इतना न डरती फिर जब पूरन ने यूँ ही ज़रा काग़ज़ का टुकड़ा डाल दिया तो घबरा-घबरा कर धोती का आँचल खसोटने लगी।

"खा जाती ये ज़रा-सी मेंढकी तुम्हें।"

"मुझे घिन आती है इससे।"

"मगर ये तो बताओ तुम बाग़ में से क्यों भागीं। तुम्हें मुझसे भी तो घिन आती है।" पूरन ने ब्रश लेकर कहा।

आशा दूसरे ब्रश से मुन्ने के बालों से खेलने लगीं।

"ये बताओ कि ये तरीक़ा क्या है आशा देवी?" पूरन ने दूसरा ब्रश भी छीन लिया।

"मुझे काम था।"

"हाँ, बस तुम्हीं को तो काम रह गया है। दुनिया भर का।" वो दोनों हाथों से ब्रश करने लगे।

"पिताजी आ गए होंगे। आपको बुलाते होंगे।"

"हूँ! पिताजी आ गए होंगे। बुलाते होंगे। बस करने लगीं उल्टे-सीधे बहाने। तुम चाहती हो मैं चला जाऊँ यहाँ से। लो नहीं जाते कर लो कर लो हमारा कुछ।"

"भाभी जी कहेंगी ज़रा-सा काम करने को कहा तो दो घंटे लगा दिए।"

"हूँ बस सबका ख़याल है तुम्हें एक मैं ही हूँ जो कभी बात भी करूँ तो तुम्हें सौ-सौ बहाने सूझने लगते हैं। ज़रा सोचो आशा।" आशा मुन्ने को उठा कर चलने लगी।

"बस भागी।" पूरन ने उसे दोनों हाथों से पकड़ लिया।

"छोड़िए...भैया भूखा है।"

"तुम्हें कौन पकड़ता है। मैं तो भैया को प्यार कर रहा हूँ वाह कोई भैया प्यार भी न करे वाह।" और वो मुन्ने को प्यार करने लगा। आशा कितना ही मुँह फेरे पूरन के बाल उसकी आँखों और गालों पर छा गए। और फिर दिल-ओ-दिमाग़ पर।

"पूरन...काश तुम्हें कभी तो फ़ुरसत होती।" बड़े भैया की आवाज़ आई। "ज़रा मेरे साथ आओ।"

"मैं?...आया।" पूरन उनके साथ चल दिया। आशा ने ठंडी सांस भर कर मुन्ने के गाल पर मुँह रख दिया।

"मुझे ये बिल्कुल पसंद नहीं...तुम्हारी हरकतें।" भैया संजीदा थे।

"कौन?...मेरी...क्या।"

"हाँ तुम्हारी। पूरन सिंह हम अंधे नहीं हैं। ये तुम्हारा हर वक़्त छोकरियों से मज़ाक़।"

"छोकरियों से मज़ाक़!"

"कौन मज़ाक़ करता है। बड़े भैया। मैं मज़ाक़ नहीं करता किसी छोकरी से। आशा। उससे मुझे हमदर्दी है वो हमारी खिलाई की औलाद है, बल्कि हमारे पिताजी की दुबा की औलाद है।"

"तुम्हें इस तरह उसके साथ बदमज़ाक़ी अच्छी लगती है।"

"भैया मैं...आपको धोखा हुआ...मुझे आशा से आपसे कम हमदर्दी नहीं. ..वो...मेरी...मुझे उससे प्रेम है और..."

"और...और...क्या और कुछ भी? पूरन तुम देखते हो मैंने कभी किसी नौकरानी की तरफ़ आँख उठा कर भी नहीं देखा, हम सचमुच के राजा हैं और न हमारी शराफ़त इस बात को मानती है।"

"मगर मैं उससे शादी करना चाहता हूँ।"

"तुम...हा हा हा..." भैया सिर्फ़ ज़रूरतन हँसा करते थे।

"इसमें हँसी ठट्ठे की क्या बात है, बड़े भैया।"

"यही कि तुम अब उससे शादी नहीं करोगे।"

"ये आप कैसे कह सकते हैं।"

"हम ऐसे कह सकते हैं। पूरन—हम हँसते नहीं तुम्हारी तरह हर वक़्त

हमें ठी-ठी करने की फ़ुरसत नहीं। और ये शादी का ख़याल ये भी ख़ूब है।''

''मगर आख़िर मालूम भी तो हो।'' पूरन घबरा-घबरा कर अपने दामन से खेल रहा था।

''मालूम यही हो सकता है कि वो हमारी नौकरानी है। पूरन ये तुम फ़िल्म देख-देख कर शायद उस वाहियात ग़लतफ़हमी में मुब्तला हो गए हो। मगर तुम्हें मालूम होना चाहिए कि ज़िंदगी एक फ़िल्म नहीं। से एक हक़ीक़त है और बड़ी ठोस हक़ीक़त तुम बच्चे नहीं। ठहरो मेरी बात मत काटो समझे...तुम बच्चा नहीं।''

''मुझे मालूम है कि मैं बच्चा नहीं, तब ही तो मैं पूछता हूँ कि आख़िर वजह क्या है कि जो मैं चाहूँ वो न कर सकूँ?''

''ठीक...लेकिन तुम्हें किसने ऐसे हक़ूक़ दिए जिनकी रौ से तुम्हें समाज और बुजुर्गों की दिलशिकनी का ठेका मिल गया?''

''समाज...वाह-वाह...वही पुरानी सड़ी बहस। पिताजी कितने अँधेरे ख़यालात के नहीं हैं।''

''यही तो तुम्हारी ग़लती है...यानी ग़लतफ़हमी है। पिताजी किने ही रौशन ख़याल हों वो ये बात कभी गवारा नहीं करेंगे कि उनके खानदान में इस किस्म की वाहियात बात हो और फिर ये सोचो माताजी, मैं, ये बच्चे तुम्हारे मासूम भतीजे आख़िर इन्होंने क्या क़ुसूर किया है। जो ये तुम्हारी ख़्वाहिशात पर क़ुर्बान हो जाएँ।''

''अरे! यानी इनके क़ुर्बान होने का सवाल कहाँ से आन कूदा। वाह ख़ूब!''

''क्यों नहीं...इनकी सोसायटी में क्या हैसियत हो जाएगी कि भई नौकरानी से ब्याह कर लिया। शीला को कौन शरीफ़ खानदान में ब्याह लेगा और निर्मल को कौन बेटी देगा। जब वो उनके चचा के कारनामे सुनेंगे?''

''फिटकार है ऐसी सोसायटी पर। लानत है ऐसे लोगों पर जो शीला में ये ऐब निकालें कि उसके चचा ने ग़रीब लड़की से शादी कर ली। इससे बेहतर है ऐसे लोगों में जाने के बजाए शीला सदा कुँवारी रहे?''

''हाँ, तुम्हारे लिए ये कह देना आसान है। तुम अपनी खुशी पूरी कर लो ख़्वाह सारा खानदान मिट जाए।''

''नहीं तो...मेरा मतलब है। हम शीला की शादी ऐसे वाहियात लोगों में क्यों करें जो इस कदर अँधेरे ख़याल के हों।''

''तो फिर तुम्हारा ख़याल है कि शीला के लिए भी कोई आशा का भाई

बंद, कोई चौकीदार या अर्दली ढूँढूँ'', रूप सिंह जितने चुपके थे उतने बुद्धू न थे। पूरन उनके तानो के आगे कसमसा कर रह गया।

''मैं ये कब कहता हूँ। भैया आप मेरी हर बात उल्टी किए देते हैं।'' वो शिकस्त खा कर बोला।

''सोच लो। तुम्हीं। तुम अक़्लमंद हो। मुझसे ज्यादा ज़हीन और समझदार हो। ख़ैर अब ज़िक्र को छोड़ो। तुम्हारी भाभी आ रही है। हम नहीं चाहते कि इस बात को बेबात फैलाएँ।''

भाभी जी अपने बच्चों की फ़ौज लेकर आन पहुँची।

''देखना...ज़रा देखना, मुन्ना कैसे मज़े से प्यार करता है।'' मुन्ना ने मोटे-मोटे हाथों में माँ का चेहरा भींच कर अपनी चपटी नाक गाल पर रख दी।''

''बंदर...बड़ी जल्दी नक़ल करने लगता है।'' उन्होंने होशियारी से कहा और पूरन खिसियानापन छिपाने को जल्दी से मुन्ने को सताने लगा।

''भाभी अब मैं उसे छोड़ता हूँ। उसे चाहिए कि खड़ा होना सीखे।'' उसने मुन्ने को पेड़ की शाख़ पर खड़ा करके कहा।

''हे राम...हाय पूरन नहीं। अभी वो कितना है। जो खड़ा भी होने लगे।''

''कुछ भी हो मैं नहीं जानता। इतना तो फूल रहा है। ख़ूब खड़ा हो सकता है।''

''लो भला दस महीने का बच्चा और बनेगा। इसे आता ही नहीं खड़ा होना।'' वो मुन्ने को छीनने लगी।

''मैं नहीं जानता...छोड़ता हूँ भाभी...'', पूरन ने डराया।

''हाय! मेरा बच्चा...पूरन'', वो मुन्ने को छीन ले गई।

''ओ हो। जैसे मैं छोड़ ही तो देता। मैं इसका दुश्मन हूँ ना।'' भैया के अल्फ़ाज़ उसे याद आ गए।

ठोकर

ज़िंदगी का तो एक ही अंजाम होता है...यानी मौत! लेकिन इंसान भूलता है कि हर सुबह का अंजाम शाम, हर चैन की नींद का अंजाम बेदारी, और हर क़हक़हे का अंजाम ख़ामोशी होता है। तुलूए-आफ़ताब[1] का क्या लुत्फ़ होता जो ग़ुरूब[2] न होता। और हर वक़्त सूरज सर पर ही डटा खड़ा रहता। और ऐसी नींद अल्लाह न दे जिससे फिर जाग ही न सकें। मगर मोहब्बत में ठोकरें जितने ख़ुदा ने लाज़िमी समझी हैं उतनी तो अच्छी नहीं लगतीं। एक ठोकर वो होती है जिसमें रक़ीब साहब की झलक से दिमाग़ भन्ना जाता है। लेकिन ज्यों ही बादल छंटे फिर चांदनी है कभी रंजिश भी हो जाती है। लेकिन वो फुल स्टॉप की तरह जुमलों को दिलचस्प बना देती है। एक और बड़ी ठोकर है जो यार लोग जान-बूझ कर लगाते हैं। और वो होती है समाज की दौलत। इसमें अगर निकला चला गया तो ख़ैर वरना खाई तो सामने है ही, सब ठोकरें इंसान सह जाता है पर समाज की ठोकर से तिलमिला उठता है। क्या-क्या किताबों में क़िस्से-कहानियों में फिल्मों में इस समाज की टाँग घसीटी। मगर समाज है कि शेर की तरह डटा हुआ है। बात ये है यहाँ समाज का तो नाम है व[illegible] टक्कर होती है इंसान से खुद अपने प्यारे दिल के टुकड़ों से और पूरन जैसे [illegible]चल सवार ही ठोकर न खाएँ। तो फिर क्या बड़े भैया जैसे लौट लगाने वाले खाएँगे। पूरन की चाल ढाल बोल बात ने घर-भर को चौकन्ना कर दिया। सबकी नजरें निशानेबाज़ तोपों की तरह हलक फाड़ कर दोनों की तरफ़ मुड़ गईं। आशा की ख़िदमात में आए दिन तब्दीली होने लगी। अब वो बजाए नौकरानियों के माताजी की लाडली बन गई जो हर वक़्त नागन की तरह उसके गिर्द चक्कर लगाए रहती। खाने पर भी वो मुन्ने की कुर्सी के

1. सूर्योदय 2. अस्त

पास बाँध कर बिठा दी जाती। और पूरन की कुर्सी माताजी और राजा साहब के कलेजे में घुस गई। वो ख़ूब इस मासूमाना चौकीदारी को समझता था। मगर न ही इतनी हिम्मत और न ही कोई मौक़ा कि कुछ तेज़ी दिखाए। फिर भी चोर-चोरी से गया हेरा फेरी से तो नहीं जा सकता। मुन्ने पर लाड जताने के बहाने माताजी के घुटने पर लेटने के हीले से वो एक नज़र आशा से मिलाने से बाज़ न आ सका। और फिर जब इंसान का मक़सद ज़िंदगी ही ये हो तो गैलरी ड्राइंग रूम के पर्दों की आड़ में बाग़ में कहीं-न-कहीं तो शहद छुपा और मक्खियाँ सोती मिल जाती थी।

मुन्ने की सालगिरह थी और घर चमकाया जा रहा था। दीवाली भी आ रही थी और फिर कहाँ तक मक्खियाँ डंक लिए जान पर सवार रहतीं। आशा भाभी जी के कमरे में पर्दे लगा रही थी कि पूरन सिंह भी बज़ाहिर कुछ ढूँढ़ने जा पहुँचे।

''मेरा कमरा भी कोई ऐसा सजा दे।'' वो कुर्सी पर पैर रख कर पास खड़ा हो गया।

''आपके कमरे में इतनी चीज़ें ही कहाँ हैं जो कोई सजाए,'' आशा अब बोला करती थी।

''हुँह..मैं बेचारा ग़रीब आदमी जो ठैरा,'' उसने भाभी के चांदी के सामान पर नज़र डाल कर कहा। ''भाभी का अब्बा तो लखपति है।''

''आप क्यों निराश होते हैं। आपकी शादी हो जाएगी तो क्या पता इससे भी भारी सामान आए।''

''अहाँ..ये नहीं होने का...जो मेरी बीवी ग़रीब हुई तो।''

''राम न करे जो आपकी बीवी ग़रीब हो।''

''क्यों ग़रीब होना कोई ऐब है।''

''और क्या? ऐब न होता तो बड़े लोग अमीर क्यों बनते।''

''मगर मेरी बीवी तो ग़रीब होगी...नहीं वैसे तो बेचारी के पास सोना रुपया तो नहीं...पर रूप तो बहुत ही है।''

''ओहो...छोटै भैया तब तो क्या है...मगर हम तो जब माने जब रूप जितना रुपया भी लाए।''

''मुझे रुपया नहीं चाहिए और न रूप। मुझे तो...मुझे...'', और वो हकलाने लगा। आशा पर्दे के छल्ले डोरे में पिरोती रही।

"आशा! क्या रुपया ही सब कुछ है? फर्ज़ करो मैं कंगाल हो जाऊँ। पिताजी कौड़ी न दें जैसा कि वो करेंगे ही तो...तो तुम...।"

आशा के हाथ लरज़ कर छल्लों को ज़मीन पर गिराने लगे।

"बताओ आशा...जो मैं कंगाल हो जाऊँ। और रंजी..."

"भगवान करे रंजी तो मर ही जाए।" आशा ने सोचा मगर वो बात टालने को छलनी उठाने लगी।

"तो रंजी के पास रुपया हो जाए फिर तुम्हें मैं याद भी न रहूँ।"

"आपका क्या ज़िक्र है। आप क्यों कंगाल होने लगे।"

"ओह...बस फ़र्ज़ करो।"

"ऐसी बातें न करिए।" आशा ने लजाजत से कहा।

"तुम ऐसी ही उखड़ी बातें करती हो। आख़िर तुम मेरी बात का जवाब क्यों गोल किए जा रही हो। बोलो।"

"क्या बोलूँ...आप जाएँगे नहीं मैच देखने, रेल का वक़्त भी चला जाएगा।"

"सुनो आशा, मैं मज़ाक़ नहीं कर रहा हूँ और न इस वक़्त तुम्हारे बहाने सुनने का वक्त है। मैंने तुमसे कह दिया और कितनी दफ़ा कह दिया और अब मैं पिताजी से भी कह दूँगा।"

"नहीं...परमात्मा के लिए ऐसा न कीजिए।"

"क्यों? क्यों न कहूँ...आख़िर वजह...वो मेरे ब्याह का कई दफ़ा ज़िक्र कर चुके हैं।"

"तो फिर कर लीजिएगा।" आशा समझी बात टली।

"यही तो कर रहा हूँ...कह दूँगा... आशा।"

"नहीं...कुछ न कहिएगा..अगर आप..."

"हाँ क्या अगर आप? कहो ना...सुनो मैं उनसे कह दूँगा कि शादी कर दें, मुझे रुपया नहीं चाहिए।"

"नहीं, आप ऐसा नहीं कह सकते।"

"क्यों नहीं कह सकता। कौन रोक सकता है मुझे?"

"मैं रोक सकती हूँ।"

"क्या मतलब। यानी तुम कह दोगी कि..कि...।"

"हाँ", वो जल्दी से पर्दा लटकाने दूर चली गई।

"आशा ये तुम फिर मेरे साथ खेल रही हो...वजह आख़िर। वजह क्या?"

उसने उसका बाज़ू दुरुस्ती से पकड़ा।

“मेरी मर्ज़ी, बस...!”

“तुम्हारी मर्ज़ी...? तुम्हारी मर्ज़ी तो क्या तुम मुझसे ज़रा भी प्रेम नहीं करती और...” उसने उसका बाज़ू छोड़ दिया।

आशा परदा छोड़ कर तकियों के ग़िलाफ़ बदलने लगी।

“बोलो...क्या तुम्हें ज़रा भी...बता दो आशा! फिर मैं तुम्हें कुछ न कहूँगा।”

उसने उसे रोक कर पूछा।

आशा ने चाहा ऊपर न देखे। उसकी आँखें तेज़ी से भीगती जा रही थीं।

“तुम एक दफ़ा कह दो...बोलो, तुम मुझसे ज़रा भी प्रेम नहीं कर सकतीं। इतना भी नहीं जितना मैं...बोलो...।”

“नहीं...”, जज़्बात से बेक़ाबू हो कर फूट निकली। पूरन ने उसे छोड़ दिया।

“ओह...हा-हा-हा...वो ज़ोर से हँसा। झूठी! तुम कितनी झूठी हो आशा ...तुम...सच कहती हो आशा, अगर मैं मर जाऊँ तो...।”

“बस-बस...जाइए यहाँ से।” आशा ने उसके मुँह पर हाथ रखते हुए कहा। “क्या मिल जाएगा आपको। एक...एक कंगालनी का ठट्ठा उड़ा कर। आपका मेरा जोड़ नहीं...आपके लिए तो कोई रानी चाहिए।”

“गोली मारो रानी को, तुम हो मेरी रानी तो...कौन कहता है आशा कि मेरा तुम्हारा जोड़ नहीं...वो देखो आईना क्या कह रहा है।” आशा ने आइने में ख़ुद को पूरन के इतना क़रीब देखा तो सब कुछ भूल कर एक दफ़ा उसका सर पूरन के सीने पर झुक गया।

“मैं आज ही पिताजी से कह दूँगा। चाहे वो मुझे मार ही डालें।” वो आहिस्ता-आहिस्ता उसके कान में कहने लगा। “और फिर मेरी आशा...” आशा की नज़र फिर आईने पर पड़ी और इस दफ़ा चमकी का चेहरा उसे पीछे से आग बरसाता दिखाई दिया।

“चमकी...!” वो तड़प कर हटी।

“चमकी...ओह वो चुड़ैल होती कौन है। क्या तुम्हें अब भी कुछ ख़याल है। जलती हो उस बेचारी से।”

“नहीं! वो अभी यहाँ खड़ी थी।”

“अच्छा जासूसी...ख़ैर कुछ बात नहीं। चमकी तो क्या कोई भी आ जाए। मुझे किसी की परवाह नहीं। दुनिया आ जाए और देख लें कि मैं आशा से प्रेम

करता हूँ। मुझे किसी का डर नहीं।''

''अच्छा ये हिम्मत! मैं भी तो देखूँ उस सूरमा को जो किसी से नहीं डरता।''

और माताजी अपने पूरे जलाल से तनी हुई दरवाज़े में काली घटा की तरह मंडरा रही थीं। आशा का बस नहीं था जो वो जादू के ज़ोर से या तो मक्खी बन कर उड़ जाती या पत्थर बन जाती। पत्थर तो वो बन ही गई।

''माताजी!''

''चुप रहो...लाज नहीं आती। इन्हीं होंठों से मुझे माता कहते हो। जिनसे दो घड़ी हुई मोरी की गंद चाट रहे थे।''

''मगर सुनिए तो...''

''मैंने एक दफ़ा कह दिया कि चुप रहो। मैं तुम्हारे मुँह नहीं लग रही जिससे ख़ानदान की और बाप के ऊँचे नाम की लाज न हो वो माता का क्या आदर करेगा। मुझे तो इस चुड़ैल से पूछना है।'' वो दो क़दम आगे बढ़ीं।

''पहले आप मेरी सुनिए...फिर...''

''क्यों कमीनी...ये हमने तेरे सात पुश्त को इसीलिए पाला था कि तू हमें ही मौक़ा पा कर डस जाए।''

''बोल...बता...नमक हराम।'' वो और बढ़ी। आशा सर से पैर तक लरज़ गईं। आज तक माताजी ने उसे टेढ़ी आँख से न देखा था। वो किसी से भी टेढ़ी न थीं। उनकी शान और दबदबे ही से सब लरज़ जाते थे और अमूमन वो घर से अलैहदा पूजा पाठ, पढ़ने-पढ़ाने में खोई रहती थीं। ये तो इस क़दर अहम मामला दरपेश था। इसलिए वो आसमान से धरती पर उतर आई थीं।

''तुम मेरी हिफ़ाज़त में हो। आशा...'', उसने इसके काँपने से रहम खा कर कहा, ''माता जी।''

''ओ हो...मैं भी तो देखूँ तुम्हारी हिफ़ाज़त'', पूरन सिंह तुम बोलते हो। तुम यहाँ से जाओ और मुझे इससे आज इतना पूछ लेने दो कि क्या मेरी मोहब्बत का इसे यही अज्र देना चाहिए था।''

''माता जी क्षमा...!'' आशा तड़प कर उनके पैरों पर आन पड़ी।

''क्षमा...? अब मेरा घर उजाड़ कर मुझसे ही क्षमा माँगती है। सच है नीची ज़ात का मनुष्य मुँह लगाए से सर पर चढ़ने लगता है। बोल, ये तुझे हिम्मत कैसे हुई।'' माताजी जब जलाल में आती थीं। तो काली माई बन जाती थीं। उन्होंने उसके बाल पकड़ कर मुँह उठाया।

"बस माताजी...छोड़िए...इसे।", पूरन ने उनका हाथ पकड़ कर अलग किया। "आप सुनती तो हैं नहीं।"

"पूरन तुझे ये हिम्मत..." माता जी का गला भर आया।

"क्या झगड़ा है?" झगड़ा तो कुछ ऐसा था। कि राजा साहब को भी उनके बिल से खींच लाया।

"पिता जी..."

"देख रहे हैं आप अपने सपूत के लक्षण। किस सफ़ाई से मेरा हाथ मरोड़ा है। भगवान!" वो सर पकड़ कर धमकियाँ देने लगी।

"पूरन चलो तुम बाहर..." बड़े भैया माँ के ग़ुस्से से लरज़ रहे थे।

"पहले माँ से माफ़ी मांगो।"

"मैं...माता जी क्षमा...मगर ये समझ...।"

"चुप रहो पूरन। बहुत बकवास कर ली।" और भैया उसे नन्हें बच्चे की तरह खींचते ले गए।

ये थी वो टक्कर जो असली मायनों में पूरन सिंह ने खाई और इस टक्कर में वही हुआ जो हथौड़ी के काँच से टकराने से होता है। मगर काँच टूट कर ज़्यादा बिखरता है। और बिखर कर हर नंगे पैर चलने वाले के तलवों में घुस जाता है।

फ़ैसला

बताने की ज़रूरत तो नहीं लेकिन फ़ैसला तो फिर भी हुआ। पूरा का पूरा इजलास जमा हुआ। माता जी ने जज की कुर्सी संभाली। मगर काठ के उल्लू बल्कि गिद्ध की तरह राजा साहब को धर लिया। भला ऐसे ग़ैर दिलचस्प क़िस्से में क्या जी लगे। जब हीरोइन पड़ी कोठरी में सिसक रही हो और हीरो कमरे में ज़मीन नाप नाप कर फ़र्श घिस रहा है। ऐसे हीरो हीरोइन का इससे बेहतर हश्त भी क्या हो सकता था ऊपर से कचहरी तैयार। जब पूरन बुलाए गए तो उनका मुँह नीचे को झूल रहा था और बाल बिखर रहे थे। भाभी पर्दे की आड़ से उनकी ये गत देख कर ठंडी सांसे भर रही थीं। मगर ठंडी साँसें अगर गुस्से को धीमा कर सकतीं तब तो एक बात भी थी।

"आओ पूरन...ये क्या झगड़ा उठाया है भैया।", पिता जी झगड़ा ही न समझ चुकते थे।

"लो वो फिर उन्होंने उसे बिगाड़ने की तरकीबें शुरू कीं। अरे अगर तुम ही न ऐसे नर्म होते तो ये बच्चे दो कौड़ी के क्यों होते।" हालाँकि उन्हें यक़ीन था कि रूपसिंह लाख रुपए का आदमी था।

"अरे बाबा तुम तो...बस...हाँ वे पूरन ये क्या बदतमीज़ी है सीधी तरह. ..बस तू कॉलेज जा...हो चुकी ये इम्तहान की तैयारी।"

"पिता जी मैं कोई पाप तो नहीं कर रहा।"

"पाप नहीं ये बड़ापन ही तो है जो तू हम लोगों के मुँह पर कालक लगा रहा है।"

"विवाह करने से कालक लगती है।"

"फिर विवाह का नाम लिया? विवाह तो इस नीच से मेरे जीते जी तू

करने की कोशिश भी न करना।''

''क्यों हट करते हो पूरन। दो दिन का जीवन है इसे क्यों रोग लगाते हो...फ़र्ज़ करो तुमने जैसा कि कहते हो कर भी लिया तो ये तुम्हारी भूल होगी। महा बेवक़ूफ़ी...अव्वल तो तुम्हारी माता मुझे, तुम्हें और इस बच्ची को जीने न देंगी। भला उनकी इससे निभेगी।''

''भगवान न करे तो मैं इससे निबाह का रिश्ता जोड़ूँ! देखो जी तुम इधर-उधर की तो हाँको मत, साफ़ क्यों नहीं कह देते।''

''अरे बोलने तो तुम देती नहीं हो। हाँ तो पूरन ख़ुद सोच लो। कैसे वो यहाँ रहेगी...दूसरे वो...वो।''

राजा साहब बड़े रौशन ख़याल बनते थे। ज़रा हिचकिचाए।

''मगर पिता जी आप तो हरिजन प्रेमी हैं। आप कैसे।''

''हरिजन...ये इनकी हरिजनी ने ही तो लुटिया डुबोई। सोचे न समझे और बकवास करने लगे। कितना कहा कि भई तुम अपने वही दवाओं के झगड़े में रहो।''

बेचारे राजा साहब ने किसी ज़माने में कोई सदा जवान रहने की और ताक़त की दवा बनवाने में कुछ गड़बड़ मचाई थी। मगर जवान-जवान लड़कों के सामने वो इस वाक़िये के ज़िक्र से ही दुबक जाते थे।

''ग़ुस्सा पूरन पर और बिफर रही हो, मुझ गरीब पर। जैसा कहो, कहता जाऊँ! मगर किसी तरह चैन भी हो तुम्हें।''

''सुनो, पूरन तुम मामले को समझते हो। मैंने तुमसे पहले भी कहा था। ज़रा सोचो तुम्हारी हरकत का हम सब पर कैसा असर पड़ेगा। कमला के ससुराल वाले क्या कहेंगे...मेरी बीवी के घरवाले क्या सोचेंगे। हम कहाँ मुँह ले कर जाएँगे।''

आप बहुत खुदग़र्ज़ हैं भैया। आपके ससुर कौन से शाह हैं सारी उम्र सूद खाते बीती...और अब।''

''भाभी बेचारी काँप कर दूर हट गई।''

''कुछ भी हो तुम्हारा कहना किसी भी तरह नहीं माना जा सकता।''

''नहीं माना जा सकता तो न माना जाए। मनवाता कौन है? यही न कि पिता जी मुझे कंगाल कर देंगे...बस। सो इसकी मुझे रत्ती भर परवाह नहीं।''

''हाँ...परवाह नहीं और फिर वो जिसे तुम बड़ी देवी समझते हो ज़रूर तुमसे 'विवाह' करेगी। अरे वो तुझ पर थूकेगी भी नहीं सुना।'' माता जी बोलीं।

''आप न उसे समझ सकीं और न कोशिश की।''

''अरे मैं नीच औरतों को ख़ूब समझती हूँ।''

''बस माताजी रहने दीजिए...पिता जी...भैया मेरा जवाब सुन लीजिए मैं आशा से शादी करूँगा और आप कहते हैं ये नामुमकिन है तो दिखा दूँगा कि नामुमकिन बातें भी कभी-कभी मुमकिन हो जाती है। मैं आज ही यहाँ से चला जाता हूँ। कि आप लोगों को कोई बुराई न देगा।''

''तुम जहाँ भी जाओ हमारे लिए बदनामी और कलंक का टीका लगवाओगे और भी चार लोग यही कहेंगे कि बड़ा लालची बुड्ढा है। ग़रीब लड़की थी इसलिए।''

''आजकल के लोगों के दिमाग़ भी तो ख़राब हो गए हैं।''

''तो फिर...फिर मुझे किसी तरह छुटकारा नहीं।''

''नहीं...तुम हमारे यहाँ पैदा हुए हो और...''

''काश मैं किसी कंगाल के घर पैदा होता कि मुझे ताना तो न मिलता। मगर फिर कहे देता हूँ कि मैं आज चला जाऊँगा और मुझे अफ़सोस है कि फिर भी आपको बदनामी से बचाऊँगा नहीं।'' पूरन पैर पटकता चल दिया।

''है कैसे नहीं...पूरन सिंह अभी नन्हें हो तुम।'' अरूप ने आहिस्ता से कहा।

''पिताजी बस एक ही तरकीब है वो ये कि आशा को कहीं भेज दीजिए और पूरन को ख़बर न हो। वरना यूँ चले जाने में वो ख़ुद जो दुख झेलेगा सो अलग। बदनामी तो रहेगी ही।''

''कहाँ भेज दें।''

''क्यों...अगर कमला के पास भेज दें और उसे तमाम मामला समझा दें तो वो ज़रूर देखभाल रखेगी।''

''नहीं जी, मैं अब अपनी बेटी का घर नहीं जलाना चाहती। इसे तो इसके गाँव ही डलवा दो।'' माता जी जानती थीं कि किरन सिंह किस क़दर शौकीन मिज़ाज दामाद थे।

''माता जी गाँव में तों पूरन पहुँच जाएगा।''

''तो फिर इस डायन को ज़हर दे दो।''

''ज़रा गुस्से को धीमा कीजिए।''

''अरूप ठीक कहता है। कमला इसकी देखभाल अच्छी करेगी और पूरन के पुरखों को भी पता न चलेगा।'' इस लाड-प्यार से लाई हुई आशा समेट-समाट

कर कमला के यहाँ कोसों दूर पहुँचा दी गई। शर्म उसे यूँ आई कि कमला क्या सोचती होगी।

मगर कमला कुछ ज्यादा सोच-विचार की आदी न थी। जब पूरन को नन्हीं शीला ने बताया कि, ''आशा दीदी गई।'' वो साँप की तरह बल खा उठा। पहले तो वो गाँव दनदनाता पहुँचा मगर फिर वो भैया से लड़ने आया।

''मैं ख़ूब समझता हूँ भैया...मैं पहले ही समझ गया था। आपकी सुरीली बीवी तो आपको पसंद नहीं और आशा के लिए आप तभी इतने परेशान हैं।

ग़ुस्से में इंसान पागल हो जाता है।

''पूरन क्या कह रहा है ये तू? उनके हवास गुम हो गए। पूरन मैं तो तेरे भले के लिए कर रहा हूँ। वरना मेरे भैया मेरा बस होता तो मै।''

''तुम्हारा बस? भैया तुम्हारा तो ख़ूब बस था तब ही तो तुमने यूँ मेरे हाथ-पैर काट दिए। भैया तुम मेरे हमेशा से दुश्मन हो। मैं मर जाऊँ तो ख़ुश होना सारी जायदाद के मालिक तो हो गए।''

''पूरन बस करो। ऐसे बोल न निकाले जिनसे बाद को पछताना पड़े। तुम मेरे भाई नहीं बेटे के बराबर हो। अगर ऐसा ही मुझे दौलत का प्यार होता तो जान बूझ कर तुम्हारी शादी माता-पिता की बग़ैर मर्ज़ी करवा देता ताकि वो तुम्हें कौड़ी न दें। पूरन मुझे ऐसा न समझो। परमात्मा के लिए यूँ मेरा दिल न दुखाओ।''

अरूप की बड़ी संजीदा आँखों में आँसू भर आए।

''फिर आपने उसे कहाँ भेज दिया। आप मुझे उसका पता बता दीजिए।''

''मैंने उसे नहीं भेजा। वो ख़ुद ही चली गई। उसने कहा वो तुम्हारा जीवन ख़राब नहीं करना चाहती...पूरन वो देवी थी। उसने ये भी कहा कि वो मर जाएगी, मगर अब तुमसे लाग न रखेगी।''

''भैया...क्यों कहा उसने ऐसा...वो मुझसे प्रेम नहीं करती।''

''नहीं पूरन...मैंने कहा ना वो देवी है। वो तुमसे प्रेम करती है जब ही वो गई है...तुम मानो तो...''

''मगर अब मैं क्या करूँ भैया।'' पूरन ने खोए हुए बच्चे की तरह बुराना शुरू किया।

''तुम मर्द हो...मर्दों का काम औरतों की याद में रोना नहीं। वो चली गई तो तुम्हारी अक़्ल और समझ तो नहीं ले गई...गाँव का काम देखो इम्तहान

की तैयारी करो।''

''मगर मैं उसे ढूँढ़ निकालूँगा।''

''तुम उसे दुःख दोगे...पूरन।''

''दुःख...आह...वो सिसकियों से रोने लगा।

भूल गए

दुनिया ही भूल जाती है। छुरी का घाव भरा और दुख ध्यान से उतरा। माँ बच्चा जनते वक़्त तौबा करती है। ख़ुदा से दुआ माँगती है कि बाँझ भली और इधर दुःख बीता, वो नए बच्चे पर फ़िदा होने लगती हैं और दूसरे बच्चे की आस बाँधने लगी। मगर पूरन तो ठीक भूला। आशा मर गई। सुना उसे ताऊन[1] ले गया। गाँव भर ताऊन में उजड़ गया। रंजी सा पहलवान लोट गया। उसकी बुढ़िया माँ की कमर टेढ़ी हो गई...आशा मर गई। पूरन की आशाएँ मर गईं। वो बहुत कुछ भूल गया। कितना बहुत-सा हँसना भी भूल गया। मुन्ना कितना बड़ा और शरीर हो गया था। और दूसरा मुन्ना भाभी की छाती से आन लगा। मगर वो उन्हें प्यार करना और गुदगुदाना भी भूल गया। आशा होती तो उसे सब कुछ याद रहता। वो दिखा देता कि वो बुज़दिल न था। वो सिर्फ़ पिताजी के आसरे पर पैदा नहीं हुआ था। वो दिखा देता कि दुनिया में जीने के कितने रास्ते हैं। मगर ये आशा क्यों मर गई। कैसा भूला कि भोला की ताई को भूल गया। यहाँ तक कि वो ख़ुद छेड़ बैठी। मगर वो मुस्कुरा कर चुप हो रहा। और बुढ़िया के दुखी दिल में टीस-सी उठी और वो कुम्हला गई।

"पूरन शीला की सालगिरह है। क्या दोगे तुम..." भाभी इठलाई।

"क्या दूँ...", पूरन सर झुका कर बोला।

"मैं बताऊँ...अरी शीला क्या लेगी?" और फिर उसने शीला के कान में न जाने क्या सिखा दिया कि वो बोली—"चाची...हैं मम्मी चाची।"

"हाँ। तू अपने चचा से कह।"

पूरन चुपका उठ कर चला गया।

---

1. एक महामारी, हैज़ा

"तुम शादी कर लो...माता जी कितनी दुखी हैं।"

"हाँ भैया...ये सब मेरे ही कारण दुखी हैं।"

"नहीं पूरन...डॉ. कहता है कि शादी से तुम्हारी सेहत ठीक हो जाएगी।"

"वाह भैया! शादी कोई दवाई है कि बीमार अच्छे हो जाएँ और कौन कहता है कि मैं बीमार हूँ।"

"पूरन मेरे लाल..." माता जी ने घुटने पर लिटा कर प्यार से कहा, "क्या ये अरमान चिता में ले कर जाऊँगी मेरे दो लाल हैं और उनमें से एक का ब्याह अपने हाथों से न करूँ।"

पूरन थोड़ी देर चुपका पड़ा रहा। न जाने क्या-क्या बातें दिल में मचलती रहीं। जी चाहा माँ से लिपट कर रोने लगे। बचपन में जब कोई चीज़ माँ छीन लेती थी तो वो यही करता था और वो उसे फ़ौरन दे देती थी। मगर अब आशा को तो मौत ही छीन ले गई।

"चांद मेरे...तुम्हारे पिता भी बूढ़े हो रहे हैं, क्या समझते हो। उनके मन में तुम्हारे विवाह का अरमान नहीं।"

लफ़्ज़ 'विवाह' ने सोए हुए ज़िक्र सजा दिए...न जाने उसे क्या-क्या याद आ गया। पर ये माँ भी कैसी चीज़ है, आपकी बोटियाँ काट डाले मगर फिर आप उसके जिस्म के ही तो एक टुकड़े हैं। और फिर इन आँखों में कितना प्रेम था।

"माता जी, मेरे विवाह का आपको शौक़ होता तो...!"

"पूरन गई बातों को जाने दो। माँ की भूल भी मामता का एक फेर है मामता ही में माँ बच्चे को ख़ून पिला कर पालती है और मामता ही में मार डालती है तो क्या वो माँ डायन हो गई...बेटा..." और उनकी आँखों से आँसुओं की लड़ियाँ बह निकलीं... "मैं क्या सुखी हूँ।"

"अच्छा माँ अब..."

"तुम ब्याह कर लो...तुम्हें ख़ुश देखकर मैं भी जी लूँगी। वरना..."

"जो जी में आए कीजिए माताजी।" वो उठ कर कमरे में जा पड़ा, लेटे-लेटे जी घबराया तो दराज़ में से फूल निकाल कर देखने लगा...ये वही फूल थे। लाल-लाल भैया के गालों जैसे लाल फूल जो धरती ने उगले थे और वही धरती आशा की ख़ाक को निगल चुकी थी। अब ये फूल स्याह हो चले थे, जैसे जमा हुआ मुर्दा ख़ून।

जब कमला की ननद के लिए पूरन की माँग की गई तो वहाँ सबकी बाँछें खिल पड़ीं।

"पूरन अपना ही तो लड़का है।" कमला की सास जो सारे समधियाने के नाम पर नाक-भँवे चढ़ाती थीं प्यार से बोली।

"हाँ माता जी पूरन बड़ा हँसमुख है। बिल्कुल अपनी शान्ता जैसा।"

"तुम जो चाहो सो करो।" बुढ़िया खुशी दबा रही थी।

"भूल गए ना! इतनी जल्दी भूल गए पूरन सिंह जी!" आशा ने अपनी कोठरी की जमीन पर गिर कर सोचा।

"काश वो अपने गाँव में होती तो रंजी पहलवान की तरह ताऊन उसे भी डस जाता।"

आग

एक वो आग होती है जो चूल्हे में दिन रात भड़कती रहती है। और फिर एक वो होती है जो किसी की नादानी से सूखे छप्पर में लग जाती है और काग़ज़ की तरह फक से हो जाता है। अब सुना है वो आग भी होती है जो बम के गोलों से फैल जाती हैं। और दम के दम में ऊँची-ऊँची कोठियों को भस्म कर देती है।

लेकिन वो नन्हीं-सी चिंगारी जो भूबल में पड़ी हौले-हौले सुलगा करती है। वो भी तो आग होती है न किसी महल दो महले को जलाए न कुछ पर जहाँ दबी पड़ी रहती है आस-पास की भूबल हल्की-हल्की तपिश से सफेद और बेजान हो जाती है और ऐसी ही कोई चिंगारी कहीं कलेजे में जा छुपे तो वैसे तो जिस्म खाता भी है, पीता भी है और सभी कुछ करता है। मगर वो धीमी-धीमी आंच और वो मीठा-मीठा दर्द कुछ मन भटका-सा रहता है। आशा भी तो शांता बाई का जहेज़ ले रही थी मगर हाथों से और दिल गुज़री हुई बातों के साथ धूप-छाँव में डूबा हुआ था। भगवान न करे क्या वो ये चाहती थी कि पूरन पागल हो जाए या उसके दुख में सदा कुँवारा ही बैठा रहे। उसने जान-बूझकर तो मोहब्बत की नहीं और फिर की भी तो उस पर शाबाश और हिम्मत अफ़ज़ाई के सुनने की उम्मीद ही न थी। लेकिन फिर भी। फिर वो चाहती क्या थी। ये तो बिल्कुल अकेले में अपने मन से भी न कह सकती थी।

कुछ तो करता पूरन। कुछ तो बोलता। वो दूर नहीं उसकी अपनी बहन के यहाँ थी...वो ये नहीं जानती थी कि बहुत दफ़ा हमारी पीठ के पीछे रखी हुई चीज़ जिसके लिए हम तड़प रहे हैं हमें नहीं मिलती।

''आशा...देखो तो तुमने सारे फूसड़े निकाल दिए इसमें'', शांताबाई ने उसे

कोई कपड़ा दिखा कर एक झटके से ख़्वाबों की दुनिया से घसीट लिया।

"क्या...हाँ...शान्ताबाई। ये कपड़ा ही ऐसा है। मैंने तो बहुत संभाला।"

"ख़ाक संभाला। अब इसे अलग सीना हाथ से। तुम्हारा तो मन ही नहीं लगता।" वो कपड़ा आशा पर फेंक कर चल दी।

"ओह...आशा देवी सिलाई कर रही हैं।" शामलाल हमेशा इतरा कर बात करता था। किरण सिंह ने न जाने किस ख़ुसूसियात को देखकर उसे छोड़ा था। बस वो उनसे डरता बहुत था और यही अदा किरण सिंह को उसकी भा गई थी। वो उन्हीं की जात बिरादरी का होगा या बनता था। मगर घर में एक ग़रीब रिश्तेदार की हैसियत से रहता था। जब से आशा आई थी हस्बे आदत उसने उससे भी शुरू कर दिया था। जहाँ वो उसे अकेला देखता और मीठी-मीठी डरी हुई आँखों से देखने और नर्म-नर्म बातें करने लगता। आशा कुछ न बोली।

"तो हमसे ख़फ़ा हो। आशा रानी।"

"मुंशी जी भला मैं आपसे क्यों ख़फ़ा होती", आशा ने ऐसी तल्ख़ी से जवाब दिया जो ख़फ़गी से भी बदतर थी।

"तो तुम से बात करो तो मुँह मोड़ लेती हो। जानती हो आशा देवी हमारे मन की क्या हालत हो रही है।"

"मुंशी जी आप जाते हैं या मैं बहू जी से कहूँ।"

"अरे राम ये जुल्म...मगर सुनो तो। कोई बात करना पाप है?"

"आप शांताबाई से बात करिए ना। ऐसा शौक़ है तो।"

"ओ हो...ख़ैर...मगर आशा देवी हम तो बेचारे ग़रीब आदमी हैं हमारी आदत नहीं कि अपनी हैसियत से ऊँचा हाथ फैलाएँ।"

शामलाल ने आशा की कहानी सुन रखी थी।

मुंशी जी दया कीजिए या और कुछ आपको कहना है। आशा उसके तअन से रोने पर आ गई।

"ख़ैर हम तो कहते हैं आदमी को अपने रस्ते पर चलना चाहिए। क्यों ऊँची-ऊँची अटारियों पर चढ़ें। मुँह के बल गिरें।"

"हाँ...आप ठीक कहते हैं मुंशी जी।"

"तो फिर...आशा हम तुमसे बात भी कर लेते हैं तो।"

"बात ये है मुंशी जी मैं...मैं...आप जाइए यहाँ से।"

आशा उसकी नर्म-नर्म आवाज़ से जल गई।

"हाँ...पर अब शान्ताबाई की शादी हो रही है। सुना लड़का बहुत सुंदर है। क्यों है ना?"

शामलाल इतना चालाक था मगर सूरत ऐसी बेवकूफ़ों की सी बनाए रखता था कि बस बड़ी-से-बड़ी बात मिश्री की डली की तरह हलक़ से नीचे उतार देता और लोग देखते रह जाते।

"और शान्ताबाई के साथ भी तो दो एक आदमी जाएँगे। तुम ही चली जाओ ना।"

आशा के बस चलता तो कुत्ते की ज़बान में ख़ूब सूइयाँ चुभोती। मगर सर झुकाए बैठी रही और जब वो चला गया तो न जाने क्यों आँसू रोके न रुक सके।

शादी का दिन भी आ पहुँचा। कमला बहू की लापरवाहियाँ कोई नई न थीं। न जाने कितनी चीजें एन वक़्त तक के लिए न आ सकीं। न जाने कितने कपड़े बिना टंके अधूरे रह गए और आशा मशीन की तरह उन पर जुटा दी गई। बारात इतनी धूम से आई कि राजाओं की भी न आई होगी। घंटों तो रिसाला पलटन निकलती रही और फिर हाथी घोड़े। आशा भी दो तीन छोकरियों के साथ एक खिड़की में फँसी तमाशा देखती रही।

"अरे ज़रा हटो तो चुड़ैलो", शान्ताबाई ने दो एक को अलग करके खिड़की में अपना सर अड़ा दिया।

"हटो जी...तुम्हें बारात नहीं देखने देंगे। वाह जी! कहीं दुल्हन भी अपनी बारात देखने बच्चों की तरह दौड़ती होगी।"

एक बोली, "मगर अपनी बाई हैं भी तो बच्चा...मैं तो अपनी बारात देखने के लिए मचल गई थी तो मेरे ताऊ ने गोद में ले कर ख़ुद दिखाई।"

दूसरी बोली, "फिर हाथी पर दूल्हा गुड्डे की तरह बैठे निकले। फूलों और कपड़ों के बंडल में से चेहरा भी दिखाई न देता था। शान्ता शौक़ और तजस्सुस[1] का मुजस्समा बनी उसका चेहरा ढूँढ़ रही थी। और आशा...उसकी नज़रों से वो चेहरा दूर कब हुआ था। बारात मुड़ गई और सब औरतें दूसरी तरफ़ भागीं। आशा खोई हुई वहाँ खड़ी रही। उसे जाना भी कहाँ था। आहिस्ता-आहिस्ता उसका सर चोखट पर गिर गया और लंबी-लंबी साँसें खींचने लगी।

शादी की धूम-धाम से अलैहदा वो माता जी की उजड़ी हुई हवेली में ख़ामोश

1. जिज्ञासा

पलंगड़ी पर बैठी थी। दिल डूबता था और उसमें एक ठोका सा लगता था और वो जाग पड़ती थी। फेरे पड़ चुके थे। गोले और पटाखे फट रहे थे। आशा को जैसे सब्र आ गया। हो चुका अब सब कुछ जब तक शादी न हुई थी। मगर वो अब भी बिखर गई। उसके पैर एकदम दरवाजे की तरफ़ उठने लगे। आख़िर अब क्या हर्ज है। क्या उसकी आँखों ने भी कोई पाप किया है। जो वो कुछ भी न कह सकीं। और फिर वहाँ भीड़-अज़-भाड़ में कौन देखेगा, कौन पहचानेगा? वो जल्दी-जल्दी ख़ेमे की डोरियों से बचती हुई ठोकरें बचाती चली। हाल कुमकुमों से जगमगा रहा था। दुल्हन और दूल्हा बैठे थे। वो भीड़ को चीर कर ऐसी जगह खड़ी हो गई जहाँ से वो कमज़कम पूरन को देख सकती थी। वो सब कुछ भूल कर बच्ची की तरह दूल्हा-दुल्हन देखने आई थी। मगर वही दिल फिर उभरने डूबने लगा। पूरन बुत की तरह ख़ामोश बैठा था। किस क़दर बदल गई थी उसकी शक्ल। पहली रंगत और उभरी हुई आँखें! मगर सुनहरा कट उसकी सफ़ेद रंगत पर कितना भला लग रहा था। जैसे परियों का-सा शहज़ादा। आशा ने उसे काले-पीले सूट के सिवा किसी चमकते कपड़ों में नहीं देखा था। आज तो वो निराला ही पूरन था। कितना बदल गया। इंसान एक ज़िंदगी में कितने जन्म लेता है। भाभी फूलों की तरह खिली हुई उसके पहलू में बैठी थी और एक थाली में पानी भर कर कुछ अजीब-सी रस्म हो रही थी। दुल्हन और दूल्हा की होशियारी का मुक़ाबला हो रहा था कि कौन इस पानी में से अँगूठी ले ले। पूरन कई दफ़ा जीत चुका था। जीत क्या चुका था भाभी उसके हाथ बच्चों की तरह पकड़े थी।

दरवाज़े के सामने ही थोड़ी-सी जगह साफ़ करके नाच भी हो रहा था। आज चमकी न जाने कितने दिनों बाद नाच रही थी। एक बान न जाने कब आ कर परदे के पास गिर गया था और परदा मय साथ के किवाड़ और कागज़ की सजावट के हौले-हौले सुलग रहा था। चमकी जैसे शराब पिए थी। उसकी आँखें चढ़ी हुई थीं और गाल तमतमाए हुए बिजली की रौशनी में शोला लग रहे थे।

आशा नीची होने की वजह से एक स्टूल पर खड़ी कंधों पर से झाँकने की कोशिश कर रही थी। आग छुपी हुई बढ़ रही थी हौले-हौले नीची-नीची और अब कालीन भी जल रहा था। नाच मौत की सी तड़प के साथ तेज़ हो रहा था। जैसे गिरने से पहले कबूतर फड़फड़ाता है।

कोई मनचली आशा के स्टूल पर चढ़ने लगी। तवाज़ुन बिगड़ा और आशा

के मुँह से एक चीख़ निकली। स्टूल तो संभल गया। मगर खेल बिगड़ गया। पूरन की भरपूर नज़र आशा की आँखों में उतर गई और थोड़ी देर के लिए सुन्न हो गई। आशा...। पूरन ने बेवक़ूफ़ों की तरह साँस खींची। जैसे कोई भूत को मरघट से आता देख कर बेजान हो जाए। पूरन खड़ा हो गया। मगर इतने में आशा का स्टूल उलट गया और वो जैसे क़ब्र से निकल कर फिर गड़ाप से उसी में डूब गई। पूरन के चेहरे पर दीवानगी और घबराहट से मौत की-सी ज़र्दी छा गई। वो आँखें फाड़े दीवार के उस हिस्से को तकता रहा जहाँ ज़रा देर पहले आशा का दुखी चेहरा उसकी आँखों में कोई संदेशा दे कर ग़ायब हो गया।

"क्या है पूरन...", भाभी ने उसका हाथ हिलाया।

"आशा...भाभी...अभी...।"

"पूरन...बच्चा बने जाते हो...भला वो यहाँ कहाँ।"

"मगर भाभी ये सपना भी न था...वो यहाँ थी।" पूरन ने घुटी हुई आवाज़ में कहा, "वो मरी नहीं भाभी...!"

"पूरन मेरे बीरन...कैसी भोली बातें करते हो। वो मरी या जियी, तुम ज़रा देखो। आहिस्ता बोलो।" कमला बोली।

"मगर भाभी...!

"अगर-मगर क्या पूरन...अब तुम्हें क्या कि वो मरी या नहीं। तुमने तो शादी भी कर ली...अब कहीं..."

"शादी...! मगर क्या वो ज़िंदा है।"

"पूरन चलो ज़रा बाहर चलो...तुम्हारा जी ठिकाने नहीं है।" भाभी बात गोल-मोल करके कहने लगी।

मगर आग भड़क चुकी थी। शोले फ़र्श दरवाज़े और परदे में लपक रहे थे...और चमकी नाच रही थी। आग उसके मेमन दुपट्टे में लहरा रही थी। मगर वो मस्त थी।

"आग!" मजमा चीख़ा और एक पटाखे के साथ चमकी। वो एक बार फड़फड़ाई जैसे शमा पर जल मरने से पहले पतंगा लहराता है और वो औंधे मुँह गिरी। आग सबको नज़र पड़ी और ज़रा-सी देर में बिजली का तार जल उठा। एक क़यामत बरपा हो गई। शोलों की रौशनी में पूरन ने शांता की तरफ़ एक बार देखा। धुँए और गर्मी से वो गिर रही थी। और किसी का नाम-ओ-निशान भी न था, ज़रा-सी देर में शोले आसमान से बातें करने लगे। उसने गिरती हुई

शांता को संभाला और पिछले कमरे की तरफ बढ़ा। बिजली के तार से ऊपर भी आग लग रही थी। वो बरामदे की तरफ़ मुड़ा। बाहर धुंधली रोशनी में उसकी रूह फिर दुनिया से खिंच कर मरघट में पहुँच गई। आशा दुनिया से बेख़बर दीवार से सर टिकाए खड़ी थी।

"आशा!" पूरन के गले से निकला।

"आशा चौंक पड़ी...मगर ज़्यादा देर के लिए नहीं। शांता को पूरन के बाजुओं में देख कर वो फिर उसी तरह बेकसी के दरिया में डूब गई। उसके जिस्म की सारी नसें ढीली हो गईं और गर्म-गर्म धुएँ ने उसका हलक़ भींच दिया।

पूरन ने शांता को छोड़ दिया जो हैरान दोनों को देख रही थी। उसने उड़ती-उड़ाती कुछ अफ़वाहें सुनी तो थीं। पूरन आहिस्ता से बढ़ा। उसे यक़ीन था कि ये आशा की रूह है जो मरघट की ख़ाक से उठ कर उसकी शादी को चिता बनाने आई है। वो झिझकता बढ़ा कि कहीं वो हवा में ग़ायब न हो जाए।

"नहीं...", आशा ने दीवार से चिमट कर कहा और पूरन रूह की इस पुकार पर तड़प उठा। उसने आहिस्ता से उसका बाजू छुआ उसे यक़ीन था कि वो सिर्फ़ एक वाहमा है लेकिन जब बजाए ख़ाली हवा के उसका हाथ आशा के सर्द जिस्म से ..... हुआ तो वो जाग उठा।

"पूरन...", शामलाल की आवाज़ ने बताया कि वो ज़िंदा है। लेकिन शायद शामलाल ने आशा की रूह को नहीं देखा। एक लम्हे में पूरन ने फ़ैसला कर लिया। वो एक झपाके से आशा को ले कर बरामदे में निकल आया।

"आशा...अब तुम नहीं जा सकतीं मुझे यूँ छोड़कर। उसने एक प्यासे की तरह उसे कलेजे से लगा कर कहा। बोलो ये क्या चाल थी सारे घर की!...मैं समझा...अब मैं समझा। लेकिन बस अब हो चुका खेल। चलो आशा हम तुम भाग चलें इस मक्कार दुनिया से...चलो..." वो जल्दी-जल्दी पेड़ों की आड़ में बढ़ने लगा।

आशा एक काठ की पुतली की तरह बेहिस थी और पूरन उसे नन्हें बच्चे की तरह ऐसे पकड़े हुए था गोया वो खिलौना थी। और बड़ी मुश्किल से खो कर मिली थी। हाथ से छूटी और फिर खो गई। वो उसे मरघट से घसीट लाया था।

"मगर ठहरो...आशा ज़रा ठहरो...मेरी जीजी और उसके बच्चे न जाने उनका क्या हश्र होगा।

''तुम यहाँ ठहरो। मैं ज़रा देख आऊँ।'' उसे पेड़ से गुड़िया की तरह टिका कर वो चल दिया।

पूरन उधर आग से उलझ रहा था और उधर आशा पानी से। वो पानी जो आग से ज़्यादा तेज़ होता है और जमी चट्टान उखाड़ फेंकता है।

शामलाल पीछे-पीछे आ रहा था। पूरन के हटते ही वो आशा के क़रीब पहुँच गया।

''हूँ...तो ये तरकीब ठीक है...क्यों आशा देवी, कहती तो होगी कि मुँह से निवाला खींच लाई।'' न जाने शामलाल किस मिट्टी से बना था कि चाहे कैसा ही मामला हो उसके मिज़ाज में ज़रा भी बल नहीं पड़ता था।

''रानी साहिबा...है तो बात ठीक...मगर ये भेंट अच्छी नहीं।'' लफ़्ज़ भेंट पर आशा ने सर उठाया।

''ये पूरन सिंह जी के जीवन की भेंट तो कुछ...ज़रा ऊँची है।'' आशा फिर भी उल्लू बनी बैठी रही।

''तुमने ये भी सोचा उसका विवाह हो गया है।'' आशा के जैसे किसी ने कुल्हाड़ी मार दी, मगर वो हिली भी नहीं।

''उसका विवाह हो गया...और अब उसका ही नहीं शांताबाई का जीवन भी उसके साथ है। शांताबाई, उन्होंने तुम्हारा क्या बिगाड़ा है?''

''कैसे मज़े की बात है कि औरत, औरत पर जुल्म करती है और मर्द को मुजरिम बताती हैं ज़रा सोचो आशा देवी अब क्या होगा। तुम पूरन के संग चली जाओगी कहाँ। उसके माँ-बाप प्यारों से दूर। उसकी इज़्ज़त दौलत सब कुछ छुटा कर...और तुम समझती हो कि तुम ऐसी क़ीमती हो कि तुम्हें पा कर वो जग को त्याग देगा। वो ख़ैर त्याग भी दे तो भी तुम तो औरत हो।''

आशा के दिल में फिर एक तूफ़ान उठ रहा था। वही तूफान जिसमें बहुत-सी कमज़ोर हस्तियाँ बह जाती हैं।

''और तुम्हें क्या मिलेगा...? तुम तो एक वेश्या ही कहलाओगी।''

आशा ने ये तो सोचा भी न था।

''तुम्हारी हालत एक वेश्या जैसी होगी। जिसने पूरन से सब कुछ छुटा दिया।'' शामलाल बात को मोअस्सर पा कर और तेज़ हुआ।

''आशा देवी...मैं जानता हूँ तुम देवी हो। सुनो मैं हूँ तो उल्लू मगर दुनिया की रीत-रस्म से तुमसे ज़्यादा वाक़िफ़ हूँ।''

"मैं...मैं क्या करूँ?"

"तुम अभी यहाँ ये चल दो...तुम यहाँ से चली जाओ, तो फिर पूरन तुम्हें न तलाश कर सकेगा। उससे कह दिया गया था कि तुम मर गई हो। मगर अब वो ज़रा गुल मचाएगा। लेकिन अगर तुम उसे न मिलोगी तो वो शांत हो जाएगा वो सीधा-सादा आदमी है। ऐसा आदमी क्या ऐतबार के क़ाबिल हो सकता है। क्या अजब कि वो दो दिन में तुमसे भी थक जाए। हाँ और देखो। तुम चली जाओगी तो वो तुम्हें क्या याद रख सकेगा। वो अभी तुमको भूल चुका था। वो तो मज़े से शादी भी कर रहा था। और मेरा कहना सुनो। तुम देख लेना कि चार दिन में वो फिर तुम्हें भूल जाएगा। ऐसा ही है तो आज़मा देखो।"

आशा उठ खड़ी हुई, "मैं चली जाऊँगी।"

"हाँ देखो जल्दी करो ये इधर सड़क है। पास ही गाँव में पहुँच जाओगी और गाड़ी करके गाँव पहुँच जाना। तुम्हें रुपया चाहिए।"

शामलाल ने उसे बटवे में से कुछ दिया।

"मेरी बात याद रखना। अगर पूरन तुम्हें भूल न जाए तो मेरे मुँह पर सौ जूते लगाना समझीं। मैं तो तुम्हारे ही भले की कहता हूँ। लो जल्दी जाओ कोई आ न जाए। आशा तेज़ी से झाड़ियों में उलझती गड्ढों से बचती चली। दूर उसने पूरन की आवाज़ सुनी, 'आशा-आशा' वो पुकार रहा था मगर उसने अपने कानों में उँगलियाँ ठूँस लीं और दांत भींच लिए। आग ठंडी हो चुकी थी मगर चिंगारियाँ दबी सुलग रही थीं।

सुकून

एक चीज़ पीस डालो और उसे मेट डालो तो क्या वो वाक़ई मिट जाती है। थोप-थाप कर दीवारों पर चूना लगा दो। फिर छूट जाता है। पीतल पर चाँदी चढ़ा दो फिर घिस कर वही पीतल का पीतल। एक ज़ख़्म हो उस पर ढेर सी पट्टियाँ बाँध दो। तो क्या वो ज़ख़्म नहीं रहता। हाँ ज़ख़्म तो नहीं रहता, सड़ कर नासूर बन जाता है।

पूरन को जब आशा न मिली। तो वो ठोकर खा कर गिर गया। ठोकर भी ठीक खाई। वरना वो शायद उस सड़क पर दौड़ जाता जिस पर आशा घिसटती चली जा रही थी। आग की गड़बड़, जज़्बात की थकान और उस पर सर्दी में ठंडी ज़मीन पर गिरना। पूरन कई दिन के लिए बेकार हो गया। वो उसका बुखार। दौराने-सर और घर भर की परेशानी का बोझ जैसे किसी ने कोयलों का धुआँ दिमाग़ में भर दिया। तोबा-तोबा वो किस क़दर बेवक़ूफ़ था। एक मुसीबत बन कर रह गया था। उसने दुबारा ज़रा अपने रवैये पर नज़र डाली। उसमें और पागल में फ़र्क़ क्या था। और फिर उसने फ़ैसला कर लिया कि वो दुनिया के इस ज़बर्दस्त धारे से कशमकश में गिर कर हाथ छोड़ देगा। उसे खुद अपने ऊपर भरोसा न रहा था। दिन रात की लैक्चरबाज़ी से भी वो तंग आ गया था। और इस तरह हाथ-पैर ढीले छोड़ कर उसे ऐसा सुकून मिला कि वो उसी में गुम हो गया। जितनी दवाएँ कोई खिलाता वो खा जाता। कोई हँसाता हँस देता। कोई बिठा देता बैठ जाता। और दूसरों के चलाने पर वो चलने लगता। मालूम हुआ पुरसुकून दरिया में बहते चले जा रहे हैं।

''कुछ पढ़ा करो पूरन'', एक दिन भैया ने राय दी और वो फ़रमाँबरदार बच्चे की तरह किताब ले कर बैठ गया न जाने उसने कितनी पढ़ ली। कितनी

दिलचस्प थी वो किताब, कितनी बातें लिखी थीं।

फूल...लाल लाल फूल...आग...ठंडी-ठंडी ज़मीन और उसमें खोया हुआ सादा सफ़ेद चेहरा...दो डूबती हुई आँखें मरघट और ठंडी चिता।

"हैं...पूरन ये डिक्शनरी पढ़ रहे हो?" भाभी हैरत से बोली। भैया कुछ खेला करो ना। आओ कैरम खेलें।

"ये गोट किस मज़े से स्ट्राइगर धक्का देता है। और वो गड़ाप से गड्ढे में जा गिरती है और स्ट्राइगर फिर बोर्ड पर दनदनाने लगता है। वो गिराया वो मारा...काली सफ़ेद गोटे नहीं एक लाल भी तो है। सुर्ख़ जैसे खून की बूंद। लो वो भी गई।" वो सोचता...

"चल बेढंगे मेरी गोटें डाल रहा है।" भाभी हँसी मगर वो पूरन का बेवक़ूफ़ चेहरा देख कर उदास हो गई।

"वो...खुद भी तो एक गोट है। जिसे गड्ढे में स्ट्राइगर डाल देता है। और फिर निकाल कर तख़्ते पर जमा देता हैं जब आदमी जल जाता है तो क्या मरघट से राख उड़ कर फिर आ जाती है। और फिर वो इसी तरह थकी हुई नज़रों से घूरती है।

और फिर लोग उसे दवाई पर दवाई क्यों दिए जा रहे हैं। ओ हो। वो बीमार था। ज़रूर होगा तभी तो...आख़िर लोगों को उसकी भलाई ही तो मंज़ूर है जभी तो उसे भर-भर डिब्बा दवाइयाँ खिलाई जाती हैं। लोग उसे कितना चाहते हैं।

और उसकी बीवी। ओ हो बिल्कुल भूल ही गया था। उसके संग इसने इस मुक़द्दस[1] आग के गिर्द फेरे खाए थे। बिल्कुल ठीक लेकिन उसकी समझ में नहीं आता था अब उसका क्या करे।

वो बीवी तो थी ही उसकी। अब क्या इंतज़ाम होना चाहिए। ठीक वो कल उसके पास जाएगा। ज़रूर और फिर...फिर वो वहाँ जाएगा फेरे हुए थे ना।

मगर उन फेरों के ख़याल से उसे चक्कर आने लगे। आखिर ये फेरे हुए क्यों हैं? एक दिन वो भी था कि उसे फेरों का कितना चाव था। वो भोला की ताई से फेरे कराने को कहता था। भोला की ताई काली सफ़ेद गोटों की तरह कभी गड्ढे में जा पड़ी। और उसकी गुदड़ी के संग उसे भी फूँक दिया गया। लेकिन ये रूहें फिर मरघट से आ जाती हैं। और वही प्यार भरी आँखें अपने

1. पवित्र

से क़रीब हवा में मुअल्लिक़[1] हो जाती हैं। वही ख़ामोश शर्मीली आँखें जो अपनी ज़बान चटाचट बोला करती थीं!

ये रात को कैरम के तख़्ते के पास क्यों जा बैठा था। और उसे घूरा करता। ग़ैबी हाथ स्ट्राइगर घुमा कर गोटों की थैलियों में डालते और वो सिमटा हुआ देखा करता। और गोटों के कैसे भोले-भोले मुँह थे। भोला की ताई, चमकी और आशा जैसे। आशा थी ना, वही, जो मेंढकी से डरती थी। रोनी-सी। ज़रा-सी डरपोक छोकरी और वो अपनी दराज़ खोलता जिसमें अभी तक वो लाल लाल फूल पड़े थे नीले, जमे हुए खून के रंग के, लेकिन देखते ही देखते वो शोलों की तरह भड़क उठते और चमकी का चेहरा वो जो पूरन ने आख़िरी बार देखा था। अंगारे के रंग का। उनमें डूबने उछलने लगता। वो कुर्सी पर गिर जाता। और कुर्सी ज़मीन पर। फिर शांता न जाने क्यों सिसकियाँ भर-भरकर रोती। और उसे फिर दवाइयाँ खिलाई जातीं। मगर सुकून था। मुकम्मल सुकून। जैसे सड़ते हुए तालाब के पानी में सुकून होता है। मौत का जैसा ख़ामोश थका हुआ सुकून।

---

1. लटकी हुई

हट

कुछ तो शांता शर्माती रही। लेकिन फिर आहिस्ता-आहिस्ता वो उसे दवाएँ देने लगी। कभी दो एक बातें भी कर लेती "लेट जाओ।" उठो, चलो, खाओ, पियो बस इससे ज़्यादा न बोलती थी। और न पूरन समझ सकता था। वो पागल तो नहीं था। खाता-पीता और कपड़े पहनता था। हाँ, दूसरे-तीसरे दिन बुख़ार कभी खाँसी, कभी सर दर्द और कभी परेशानी, ये था उसका मर्ज़। वो सही होता तो काट न खाता किसी के। वही पूरन जो ज़रा-सी बात पर बादल की तरह गरज कर तूफ़ान ही तूफ़ान बन जाता था। अब बहुत ही नेक हो गया था। फिर लोगों को उससे शिकायत थी? वो किसी का क्या बिगाड़ता था। अहिंसा में किसका ज़ोर चलता है।

"पूरन...बहू से कभी बात भी नहीं करते", भाभी ने उसे एक दिन ज़्यादा तंदुरुस्त देख कर पूछा। ये वही पूरन था और वही भाभी।

"मैं,...ओह! करता तो हूँ भाभी।"

"झूठे...आख़िर ये सोग भी कोई मर्द मनाता होगा।" औरतें चिता में जल जाती हैं। मगर मर्दों के लिए अगर वो चारों तरफ से कुचले जाएँ तो भी बेहया खिलौने की तरह डटे रहना लाज़मी है। अपने-अपने क़ानून हैं।

"भाभी मैं किसका सोग मनाऊँगा। मैंने ब्याह रचा लिया। सब ही कुछ तो हो गया...बात ये है ज़रा मेरी तबीयत अच्छी नहीं रहती।"

"कुछ नहीं इससे ज़्यादा तुम बीमार पड़े और अब क्या तुम बीमार हो। यूँ ही वहम-सा हो गया तुम्हें तो। पूरन देखो शांता कैसी उदास रहती है। उसका दिल भी तो है तुम कभी भूलकर भी उससे बात नहीं करते।"

"कौन मैं? भाभी करता तो हूँ..." पूरन बहू से बात तो करता था। मगर

जिस 'बात' का ज़िक्र भाभी कर रही थी वो और ही...आख़िर बहू को दुःख क्या था। हिंदुस्तानी औरत को तो सिर्फ़ पति चाहिए और पति मौजूद था। फिर अब वो और क्या लड्डू चाहती थी। बदमाश वो नहीं था। रातों को ग़ायब वो नहीं रहता। मारता वो नहीं। ज़ेवर बेच कर शराब वो नहीं पीता। दूसरी औरतों से ताक-झाँक नहीं करता। फिर आख़िर वो क्या रूहानी दुःख देता था कि शांता मज़लूम, मुजस्सिम नज़र आती थी। ये औरत ज़ात भी किस क़दर ढकोसले बाज़ है। और ख़ुसूसन वो औरतें जो ख़ुद को नेक और पाक बाज़ कहे जाने का आबाई[1] हक़ रखती हैं। मगर ज़रा मियाँ बीमार, बूढ़ा हुआ और उसके साथ वही सुलूक हो जाता है जो दूध सूख जाने के बाद क़साई गाय के साथ रखता है। और ज़रा से बहाने पर रण्डी का पेशा इख़्तियार करके दुनिया से हमदर्दी वसूल करने लगती हैं। ख़ूब दस्तूर था कि कम्बख़तें खटमलों की तरह चिता में फूँक दी जाती थीं। वरना आज को न जाने दुनिया में कितनी तवायफ़ें होतीं। पूरन सज़ा दे रहा था और ये ऐसी महात्मा गाँधी क़िस्म की सज़ा थी कि किसी का बस ही न चलता था। शादी तो करवा दी थी और अब हँसना, रुलाना किसी के बस की बात तो न थी और दरअस्ल वो बीमार भी था। शादी की रात को उसे ठण्डी ज़मीन पर पड़े-पड़े ठण्ड ने जकड़ लिया था। जो उसके कलेजे में बैठ गई थी.

"जब किसी की तबीयत ही ठीक न हो तो बात बेबात क्या हँसे।' और वो बात न सुनने के अंदाज़ से चादर में ढाँक कर लेट गया।

"तुम जानो...लेकिन ज़रा उसे देखो। तीन महीने मैके रह आई। तुम फिर", भाभी जानती थी कि पूरन कुछ नहीं सुन रहा है।

"बहू तुम ज़रा पूरन का ख़याल रखा करो। देखती हो वो कैसा खोया-खोया-सा रहता है।"

भाभी ने दूसरा पत्ता चलाया। शांता सर झुकाकर खामोश हो गई। उन तिलों में तेल न होता तो भले ही दिन न होते।

"डाक्टर कहते हैं, घबराने की कोई बात नहीं। ज़रा ज़िद्दी इन्सान है सदा ही अपनी बात मनवाई। कुछ दिन की बात है। तुम इससे बातचीत तो किया करो।"

---

1. पैतृक

"भाभी जी वो जवाब कब देते हैं। जैसे सुनते ही नहीं, और जो ज़्यादा बोलती हूँ तो मुँह ढाँप कर लेट रहते हैं। आप नहीं जानती।" शान्ता औरत थी और जो हथियार उसके पास थे वो सारे इस्तेमाल कर चुकी थी। मर्द तो थी नहीं कि चढ़ बैठती इस पर।

"माता जी का ख़त आया है।" पूरन ख़ामोश बैठा एक अख़बार की तस्वीरें देख रहा था। शांता ने उसे जगाना चाहा।

"लिखा है होली पर आ जाओ।"

पूरन एक बकरे की तस्वीर को ग़ौर से देख रहा था जो चारों पैरों से एक ज़रा से खूंटे पर खड़ा था। इन्सान से ज़्यादा तो ये जानवर दमदार होते हैं।

"हूँ", वो बोला न जाने शांता से या तस्वीर से।

"आपको भी बुलाया है। लिखा है दोनों आ जाओ।" शांता का जी चिल्ला-चिल्ला कर रोने को चाहता था।

"क्या मैं अकेली ही चली जाऊँ!" वो सब्र से बोली।

"हूँ-हूँ!" पूरन ने सर हिलाया।

"आप...मुझे हमेशा ऐसी ही...आख़िर मैंने आपका क्या बिगाड़ा है कि आप मेरी सूरत से नफ़रत करते हैं।" उसके आँसू बह निकले।

"मैं...शांता...मैं...", वो उसके आँसुओं से डर गया और अख़बार छोड़ दिया।

इसमें मेरा क्या दोष है कि माता-पिता ने आपके पल्ले बाँध दिया। मगर" उसकी आवाज़ घुटने लगी।

"तो...तुम क्या कहती हो...शांता मेरा जी अच्छा नहीं", पूरन ने शर्मिंदा हो कर कहा। शांता ऐसे बेजिगरे इंसान के आगे क्या अपने आँसू बहाती उसके जाने के बाद पूरन ने सर झुका लिया और फिर वही बकरे की तस्वीर देखने लगा। उसका दिल बुरी तरह घबराने लगा और वो सर कुर्सी के हत्थे पर टेके न जाने कब तक बैठा रहा। शाम को उसे छींकें आयीं और ज़ुकाम हो गया।

आख़िर बात क्या थी...तो बावजूद ग़ौर करने के न समझ सका। उसने ग़ौर करना भी छोड़ दिया था। ज़रा कोई बात सोचता और उसका दिमाग़ घूम जाता। उसने आख़िर सुकून ही इख़्तियार किया था। कितना मज़ा था उस सुकून में। हम चुपके पड़े हुए हैं और लोग हैं कि कोयलों पर लोटें लगा रहे हैं।

"ओहो...शान्ता बहू तो कमरे ही में घुसी रहती हैं। जब देखो कमरे में। जब देशो कमरे में", महेश ने आ कर शांता को चौंका दिया और वो जल्दी से आँसू छुपाने लगी।

"अरे राम-राम आँसू...शांता रो रही हो? भई हम नहीं बोलते।" महेश ने अपना लम्बा चौड़ा जिस्म कुर्सी पर अड़ाते हुए मुँह बनाया।

"मुँह जब देखो टसर-टसर रोया जा रहा है। माना कि भई...मगर", वो खुद ही खुद बड़बड़ाया। "जी में आता है। उसे पूरन को तो बस झिंझोड़ कर फेंक दूँ तुम्हें...। शांता जब तुम्हें देखता हूँ तो जानती हो क्या हाल होता है? ख़ून खौल जाता है ख़ून...महेश के जिस्म में था भी घड़ों ख़ून।

"मेरे भागों में ही रोना लिखा है।" वो निढाल हो कर झुक गई।

"ख़ूब अच्छे भाग हुए जिनमें रोना लिखा हो। ऐसे भाग उठा कर चूल्हे में झोंकों और मनुष अपने भाग अपने आप बनाता है। सुना।"

"कोई अपने भाग भी बनाया करता होगा। ख़ूब महेश भैया आप भी।"

"ख़ुद ही बनाता है और ख़ुद ही बिगाड़ता है। मगर शांता हमसे तो तुम्हारी हर वक़्त बिसूरती शक्ल नहीं देखी जाती!" महेश ने अपनी मीठी-मीठी आँखों को आधा बन्द कर लिया।

"तो न देखिए।" शान्ता ने ज़रा बन कर कहा।

"न देखूँ? भई वाह ख़ूब कही...जैसे देखना न देखना अपने बस की बात है।"

"हाँ जब एक चीज़ बुरी मालूम हो तो फिर..." शांता मुड़ गई।

"शांता...तुम बनती हो या...या सच में तुमने मुझे नहीं समझा..." महेश का चेहरा रंग बदलने लगा। "शांता तुमसे कैसे कहूँ। ओह...तुम..." शांता सर झुकाए कुशन पर फूल गिनती रही।

"जब ऐसे मौकों पर औरतें फूलझड़ी की तरह नाच पड़ें तो या तो फेरा उल्टा पड़ा। और अगर। ख़ामोशी। तो ये ख़ामोशी...ख़ामोशी ही है। शांता में न इतना बल है जो वो फूलझड़ी की तरह चमके और न महेश इतना बेख़बर कि बंजर ज़मीन में दाना बोने लगता।

वो शांता भटक रही थी? न जाने भटकने के क्या मा'नी हैं। बाज़ दफ़ा हम भटक कर टेढ़े रास्ते से सीधे रास्ते पर आ जाते हैं लेकिन हमें अहसास नहीं होता।

दुनिया में सीधे और टेढ़े रास्ते में कुछ यूँ ही सा फ़र्क़ है। बाज़ वक़्त क्या आम तौर पर टेढ़े-मेढ़े काँटेदार रास्ते स्वर्ग में ले जाते हैं और सीधी सड़क पर इंसान बेलाठी के अंधे की तरह बहकता फिरता है कि उसे हार्म भी नहीं होता। न जाने लोग सीधे रास्ते की क्यों खोज करते हैं। सीधे रास्ते अमूमन भोले-भाले रौशन और सपाट होते हैं कि गधा भी बिना छेड़े चल पड़े तो पहुँच जाए। मगर ये टेढ़े रास्ते उनकी गहराइयाँ, छिपे-छिपे काँटे और नीचे-नीचे पत्थर, 'एक दुःख', 'एक टीस' ये कहाँ मिल सकता है?"

"शांता के सामने भी दो रास्ते थे। एक तो वही रास्ता था जिस पर वो चल रही थी। पतिव्रता हिन्दुस्तानी बीवी बन कर जग की लाडली और नेक और पारसा, जहाँ वो मिट्टी के ढेले की तरह लुढ़क रही थी। उससे भी बदतर। मिट्टी के ढेले से भी कभी कोई घास पूस का तिनका तो उग आता है। वो भी कभी किसी मसरफ़ में आ जाता है। मगर वो तो और ही कुछ थी। इस ठण्डी चिता में साल से ऊपर उसे झुलसते हो गया। काश पूरन की तरह उसको भी कोई रोग लग जाता। मगर वो रोग तो उसे लगा हुआ था। पर ये कैसा रोग था। जो उसके मन को हर वक़्त गुदगुदाता रहता। और दिन ब दिन उसका जिस्म ज्यादा लचकदार और आँखें ज़्यादा बातूनी होती जा रही थीं। क्यों महेश के मज़बूत जिस्म को देख कर उसे हल्के-हल्के ज़लज़ले जैसे हिचकोले महसूस होने लगते। क्यों जी कहता था कि वो गोश्त-ओ-पोस्त का भारी भरकम इंजन उसकी हस्ती को पीस रहा है। लेकिन ऐसे नहीं पीस रहा है कि रूह पागल हो जाए बल्कि जैसे सन्दल को सख़्त पत्थर से घिस दो तो वो महक उठता है। इसी तरह उसकी रूह दिल-ओ-दिमाग़...पिस-पिस कर नए साँचों में ढल रहे थे। महेश कोई लफंगा, बदमाश और आवारा न था। उसने कभी किसी नीच नौकरानी से प्रेम का नाता नहीं जोड़ा। उसकी बीवी मौजूद थी और दो बच्चे भी। वो गृहस्थ था फिर ये कौन-सी ताक़त शांता को पुकार-पुकार कर उसकी तरफ़ खींच लिए जाती थी। जैसे खाने की खुशबू सूँघ कर खुद-ब-खुद आपके नथुने चौड़े हो जाते हैं। और आप लंबी-लंबी साँसों के ज़रिए लज़ीज़ खानों की ख़ुशबू मैदे में खींच ले जाते हैं। इसी तरह महेश की चाप सुन कर शांता की रूह के दरवाज़े चौपट खुल जाते और वो उसकी एक-एक बात एक-एक आवाज़ दिल की गहराइयों में जज़्ब कर लेती है।

जिस तरह राधा जी गिरधारी की बंसुरी सुन कर सब कुछ छोड़-छाड़ मक्खन

की मटकी ले कर निकल पड़ती थी। बिल्कुल इसी तरह वही पाक और मुक़द्दस जज़्बा शांता को खींच लाता और पूरन की हस्ती एक बोझिल लाश की तरह फ़रामोशी में डूब जाती।

एक बात कितने हौले-हौले होती है। चांद कितनी ख़ामोशी से दबे पाँव नन्हें से हक़ीर काँटे की शक्ल में निकलता है। और ज़रा-ज़रा करके कितनी जल्दी बद्र कामिल बन जाता है। कोई उसे बढ़ता नहीं देखता। लेकिन पूरन की आँखें तो चांद तो चांद के दामन में लगे हुए शोलों तक को न देख सकती थीं जो देख भी लेती थीं तो समझती न थीं। और शायद समझती भी हो मगर बनती थीं। न जाने कितने पागल हमें उल्लू बनाने के लिए पागल बने। हमारी नादानी पर हँसते होंगे।

''महेश कोई गुण्डा तो न था। जो उसे कुछ डर होता वो पूरन के सामने ही घण्टों शांता से बातें किया करता। मगर इस ज़बान में जिसे समझने वाले ही समझ सकते हैं। पूरन ने कभी ख़याल न किया और वो करता भी क्यों सिर्फ़ एक दफ़ा...जब महेश शांता की चूड़ियाँ जो बहुत तंग थीं उतार रहा था तो चूड़ी टूट कर खून निकल आया। कोई जानबूझ कर तो निकाला नहीं। मगर जब महेश ने ख़ून चूस कर दिया तो पूरन को तअज्जुब हुआ। जब वो उसके हाथ पर झुका हुआ था तो उसकी शक्ल बिलकुल भूखे कुत्ते जैसी थी। और पूरन को यक़ीन था कि वो सब ख़ून चूस जाएगा। मगर शांता बजाए ज़र्द और कमज़ोर होने के दोगुनी सुर्ख़ हो गई तब जा कर पूरन को इत्मीनान हुआ।

एक दिन और उसे बहुत तअज्जुब हुआ जब उसने देखा कि ड्राइंग रूम में शांता सोफ़े पर औंधी लेटी थी तो महेश ने उसे पहले चित्त किया फिर फूल की तरह दोनों हाथों में उठा लिया। माना कि महेश के हाथ बहुत चौड़े और लम्बे थे। मगर पूरन अपने हाथ देखने लगा। वो कितने धब्बेदार और टेढ़े थे। वो यूँ ही आज़माने के लिए सोफ़े के पास गया। पहले तो उसने तकिए को आहिस्ता से चित्त किया और फिर जल्दी से उसे फूल की तरह उठा लिया। उसका चेहरा चमक उठा। उसने आहिस्ता से तकिए को वापस लिटा दिया और प्यारी नज़रों से उसे देखने लगा। उसे बहुत बुरा मालूम हुआ जब उसने अपने नौकर लछमन को ख़ौफ़ज़दा नज़रों से अपनी तरफ़ देखते पाया। वो जल्दी से कमरे में चला गया।

पूरन की आँखें तो ख़ैर पटम हो चुकी थीं, औरों के तो आँखें थीं और

लछमन की तो गुद्दी में भी आँखें थीं। जो चारों तरफ़ नाचा करती थीं।

"छोटे भैया। कितने दिनों से आपसे एक बात कहने की थी, कोई मौक़ा न मिला। पर आज हमने कहा चलो कह ही दें।" वो एक दिन दरवाज़े की चौखट पर आ बैठा।

"हूँ...कहो..." पूरन किताब में लाइनें गिनते हुए बोला।

"क्या कहें सरकार...आप खुद नहीं देखत हैं। कितने कमज़ोर हो गए हैं।"

"हाँ लछमन दवाई तो पीता हूँ।"

"दवाई पियत हो...का दवाई...मैं कहत हूँ छोटे भैया अभी ठीक ना हैं।"

"क्या..." पूरन फिर लाइनें गिनने लगा। "क्या दवाई ठीक नहीं। तो तुम ही बताओ कुछ।"

"अब हमसे पुछत होगी का? कुछ घर बार की भी खबर है।", लछमन ने ज़रा ज़ोर से कहा।

"घर-बार की? हाँ लछमन...हे तो...क्यों?"

"खाक...खाक तुमका खाक खबर ना हैं।"

"नहीं होगी...मगर क्या ज़रूरी है कि मुझको ख़बर हो ही। चलो तुम्हें है। जाओ चाय लाओ मेरे लिए...देखो।"

"क्यों नहीं तुम्हीं का खबर न हुए तो फिर का...कोई और तुम्हरे।"

"लछमन! चाय लाओ...देखो पत्तियाँ कम डाल कर। उस दिन की तरह काली स्याह न हो।"

"छोटे भैया...", लछमन ने ज़ब्त से कहा, "आपको मालूम है किसी से।"

"लछमन चाय लाओ...", पूरन ने ज़िद्दी बच्चे की तरह किताब मेज पर पटक् दी।

उसका जी चाहता था। ज़ोर-ज़ोर से चीख़े। लछमन को उसके दिल की ख़बर न थी।

"अच्छा सरकार...ठीक...मगर...", लछमन पत्थर में जोंक न लगती देखकर चल दिया। मगर एक हो, दो हो तो कोई भुगते...एक दिन...!

"पूरन क्या कर रहे हो।" अरूप सिंह देर तक बैठने आए थे। उन्होंने अपना कोट उतार दिया।

"मैं...कुछ नहीं...भैया।" वो ज़रा खुश मिज़ाज बन कर बोला।

"पूरन सिंह...तुम्हारी शादी को दो साल होने को आए, लेकिन तुम्हारी

हालत में कोई फ़र्क़ नहीं। डाक्टर कहता है। तुम बीमार नहीं हो।''

''डाक्टर तो गधा है भैया...'', पूरन ज़रा मुस्कुराया।

''वो कहता है तुम जान बूझ कर...मेरा मतलब है यूँ ही वहम करते हो पूरन। ज़रा होश में आओ। लछमन कहता था। तुम ख़ुद समझदार हो।'' वो एकदम रुक गए...

''क्या कहता था लछमन?'' पूरन की हालत बेहतर थी।

''कि...कि...शर्म करो पूरन...तुम मर्द हो आख़िर को...तुम कैसे बर्दाश्त करते हो।''

''हाँ भैया मैं मर्द हूँ...कौन कहता है मैं मर्द नहीं। ये हाथ, ये पाँव।'' उसने ज़रा मज़ाक़ में हाथ अकड़ाए, ''देखिए, खाता हूँ, पीता हूँ, देखिए कितना बड़ा मर्द हूँ! शादी करके घर बसाया है। अब भगवान ने चाहा...तो।''

''ओह पूरन...शर्म नहीं आती तुम्हें।''

''मुझे...ही...ही...ओह...मुझे...वो क्यों आए भला शर्म की क्या बात है।''

''सुनो अब ये बात हद से ज़्यादा बढ़ गई है। मैं महेश का आना-जाना और शांता से मिलना-जुलना पसंद नहीं करता।''

''वो क्यों भैया।''

''वो इसलिए कि शांता पाप की तरफ़ जा रही है।''

''पाप की तरफ़...आपका क्या मतलब है, वो महेश से प्रेम करती है इसलिए।''

''किस मज़े से कह रहे हो गोया कोई बात ही नहीं'', अरूप हैरत से बोले।

''अगर वो महेश से प्रेम करती है तो भैया उसे कर लेने दो, सुना भैया उसे करने दो।'' वो बेचैन हो कर दोनों हाथ मलने लगा।

''पूरन...!''

''सुनो भैया...वो प्रेम करती है। यही ना। करने दो उसे'', वो जोश से खड़ा हो गया, ''तुमने कभी प्रेम नहीं किया। तुमने कभी ऐसे प्रेम नहीं किया कि...कि..तुम उसमें भस्म हो गए हो। तुमने प्रेम किया। कैसे? भाभी सी तुम्हारी प्रियतमा तुम्हारी गोद में ला कर डाल दी गई। तब तुमने प्रेम करना सीखा... और।''

''वो तुम्हारी स्त्री नहीं? बोलो, शांता तुम्हारी स्त्री नहीं।'' वो कुछ हार चले।

"पिंड तौल की अटरम-सटरम से तो वो मेरी स्त्री है।"

"तो फिर तुम उसे रोको!", अरूप समझते थे स्त्रियाँ भी साइकिलें हैं कि ब्रेक लगा दो रुक जाएँगी।

"क्या मैं रोकूँ? नहीं भैया! उसे प्रेम नहीं दे सकता। तो फिर अगर वो प्रेम की भीख किसी दूसरे से माँगती है तो कैसे रोकूँ?"

आज जैसे पूरन अपनी केंचुली बदल रहा था। वो ठहर-ठहरकर निहायत सुलझे हुए लहजे में वही कुछ बोल रहा था। जो वो सोचा करता था। वो आराम लेने के लिए कुर्सी पर लेट गया।

"तुम पागल हो गए हो पूरन!" भैया ने गुस्से से कहा।

"आज से नहीं। मुद्दत हुई मुझे पागल हुए।" पूरन जैसे इंतक़ाम पर तुला हुआ था।

"तुम्हें ख़ानदान की लाज भी प्यारी नहीं।"

"मुझे तो भैया किसी क़िस्म की लाज और शर्म नहीं। न जाने कितने दिन हुए मेरी क़ुव्वत-ए-अहसास ही कुचल गई। मुझे अब कुछ नहीं प्यारा", वो तल्ख़ी से मुस्कुराया और ख़ाली कैरम के तख़्ते पर नाख़ून बजाने लगा। वो कनखियों से अरूप को देख लेता था। जो चोट खाए हुए नाग की तरह कमरे में बेचैन टहल रहे थे। वो वैसे ही तख़्ते पर गोटें जमाता जा रहा था। उसे आज कुछ अहसास-ए-फ़तह से बेकली-सी हो रही थी। वो अपने दुःख का बदला कितने जुनून से ले रहा था और किस मासूमियत से बाज़ वक़्त चोट खाई चिड़िया भी शिकार खेल जाती है। शेर को फाँसने के लिए बछड़े की क़ुर्बानी देनी ही होती है। पूरन ने जान की बाज़ी लगा कर ये मैदान जीता था। बकरा तो जान से गया मगर शेर बुरा फँसा था। लछमन ने उसी वक़्त उसे एक ख़त ला दिया। पूरन उसे खोल कर रोशनी में देखने लगा। अगर अभी-अभी कोई आपको ख़बर दे कि हिंदुस्तान आज़ाद हो गया, बिल्कुल आज़ाद और आप प्रेजिडेंट चुने गए हैं या अंगरेज़ सुने कि सारी जर्मन फ़ौज पर आसमान से सूरज का एक दहकता हुआ ढमा गिर पड़ा। और वो जल कर राख हो गए और हिटलर को क़तई रीछ ने फाड़ खाया। तो उनका क्या हाल हो। बस वही पूरन का हाल हुआ। लेकिन वो इतना छिछोरा न था ख़ामोशी से ख़त पढ़ कर बोला...

"ये लीजिए", उसने ख़त अरूप के सामने डाल दिया। और सिगरेट सुलगाने लगा। न जाने क्यों उसके हाथ लरज़ रहे थे। मगर चेहरे पर मुस्कुराहट खेल रही

थी। जैसे किसी बड़े इम्तहान का नतीजा देखकर दिल-ओ-दिमाग़ बेक़ाबू हो जाएँ।

"मैं जा रही हूँ...मैं आपकी कोई भी नहीं। फिर भी, शांता।"

अरूप के हाथ से काग़ज़ गिर पड़ा। पूरन को बुरा मालूम हुआ कि बीवी तो उसकी भागे और चुहुंके अरूप के छूटें।

आख़िर...को वही हुआ... वो चली गई ना...महेश!"

अरूप सर से पैर तक लरज़ गया। उनकी और उनकी बीवी की जो गत होगी उसे वही महसूस कर सकते थे। उन्होंने एक बार पूरन को देखा। उनके हाथ-पैर और कमज़ोर हो गए। आन की आन में सारी कहानी फ़िल्मी ज़ंजीर की तरह आँखों के सामने छन-छन गुज़रने लगी। वो पूरन का खिले फूल जैसा चेहरा शरारत से तड़पती आँखें जिन्हें देखने को अब वो तरस गए थे वो उसे ग़ौर से देखने लगे, ये वही था उनका छोटा भाई पूरन। भाभी का लाडला देवर, अम्माँ का मुँह चढ़ा सपूत और बच्चों का प्यारा चाचा। इस वक़्त सड़ी-भुसी दवा का कड़वा घूँट बना पड़ा था। वो अगर बिगाड़ न दिया गया होता तो इतनी ज़िद उसमें कहाँ से आती? सच है बचपन से ही उसको हर बात को मनवाने की आदत पड़ चुकी थी। और यही वजह थी कि वो आसमान के तारों के लिए मचल गया था।

"शांता अक़्लमन्द लड़की थी। आख़िर वो क्यों ख़ाक के तोदे में मूरती ढूँढ़ने की कोशिश करतीं।" पूरन ने ख़ामोशी को तोड़ा। वो अपनी जीत के अहसास को दबा रहा था।

"पूरन तुम्हें क्या हो गया है। ये तुम क्या कह रहे हो।" अरूप को ख़ुद नहीं मालूम था कि वो और क्या कह सकता था।

"मर चुका...आपका पूरन तो कभी का मर चुका। और अब इस मुर्दा पूरन की बारी है भैया। मन चाहे जो कुछ कह लो। रूह तो कभी की मर चुकी। ये मुर्दा मिट्टी हाज़िर है। ये भी अगर किसी काम आ सके तो मौजूद है। मगर याद रहे भैया ये जिस्म बिल्कुल खोखला है। नाम को दम नहीं।" पूरन इंतक़ामन[1] मुस्कुराया।

"मैंने तुम्हें अपने बच्चे की तरह समझा पूरन और तुम ऐसे कहते हो। जैसे मैंने जान कर ही सब कुछ किया।"

"मगर भैया मैंने कभी कोई शिकायत भी की हो जब ही ना। जो कुछ

1. बदले की भावना से

भी आपने किया, ख़ूब किया। घर की लाज के लिए एक मैं क्या हज़ारों पूरन क़ुर्बान हैं।" ताने देना पूरन अब भी न भूला था।

"पूरन...मेरे बच्चे...", रक़्क़ से उनका गला घुटने लगा।

"भैया...इसमें रोने की क्या बात है। शुक्र कीजिए कि ख़ानदान तो ज़िल्लत से बच गया। हाँ अब आपका बेटा जवान हो रहा है, भगवान करे वो मेरी जैसी भूल में न पड़े।

कितने ही दिन पिन करो ये भगवान की अकड़ नहीं जाती। उदयपुर से बहूरानी ने बारह राजों के सर माँगे थे। ये भगवान इतना भूखा क्यों रहता है। इसका पेट है कि दोज़ख़ जो बसर ही नहीं चुकता। रोज़ हड़प करता है। हैज़े के मारे दिक़ के चबाए हुए। ताऊन के मसले मगर उसे कुछ नहीं होता। उसकी 'लाओ' नहीं रुकती। उसको बदहज़मी भी नहीं होती। अब राजा साहब बेचारे किसे छेड़ते थे। आख़िर उन्होंने किसकी गाय मारी थी। जो उनकी बहू भाग पड़ी। आख़िर रूप की मासूम बीवी ने क्या गुनाह किया था जो उसे चार दिन भूखे रोते गुज़र गए और अरूप की कनपटियों पर सफ़ेद बाल फूट निकले।

अरूप सर पकड़ कर बैठ गए। और सारा घर ही सर पकड़ कर बैठने की कोशिश कर रहा था। अब क्या होगा? अब रूप की औलाद का क्या होगा? बहन की ससुराल में भी किसी सफ़ाई से नाक कट गई। जितना जितना इस मरदूद नाक की सेवा करो ऐंठी ही जाती है। कीड़े ही पड़ें ऐसी नाक में। पूरन इंतक़ामन एक दम ज़्यादा बीमार हो गया। उसे दिन में कई-कई दफ़ा ख़ून आया और एक दफ़ा तो सब ही शांता को भूल कर पूरन को मौत के पंजों में से छीनने लगे। माँ का माथा कई बार भगवान के चरणों में गिर पड़ा और अरूप घर के सेनापति किले के बचाव में लग गए। मगर किला तो ढह जाने पर बुरी तरह तुला हुआ था।

जब मैं छोटी-सी थी तो मैंने सड़क के किनारे एक नन्हा-सा पेड़ देखा। 'इसे अपनी क्यारी में लगाऊँगी', मैंने उसे पूरी ताकत से खींचा। नन्हीं कमज़ोर जड़ें चीख़ीं, तना अकड़ गया। मगर मैंने उखाड़ ही लिया। ज़िद्दी जड़ें वहीं रह गयीं। क्यारी में लगा कर सेवा करने लगी। धर-धर के पानी के लोटे डाले मगर वो तो सूख ही गया। बच्चे तो बच्चे बाज़ वक़्त अच्छे-भले बूढ़े लोग सठिया जाते

हैं। पूरन के घर वाले भी जड़ तोड़ चुके थे। मगर ज़िद तो देखो कि पेड़ को फिर से लगाने और फल लाने के जतन कर रहे थे, कहते हैं एक पेड़ ऐसा होता है जो बग़ैर जड़ के ही लग जाता है। मगर पूरन तो बहुत ही आम क़िस्म का कच्चा पौधा था।

लीजिए! किसी बूझ बुझक्कड़ को जड़ का भी ख़याल आ गया और वो नए सिरे से पैबन्द लगाने लगे। सबने समझा बुझा कर अरूप को गाँव भेजा कि जा कर आशा को ले आएँ।

आशा ने दर-दर की ठोकरें खाने के बाद अपने ही गाँव में पनाह ली। जब वो टूटे-फूटे घर में पहुँची तो उसका जी चाहा उसमें आग लगा कर जल मरे। लेकिन थोड़ी ही देर में गाँव वालों को पता चल गया और उसकी सहेलियाँ हमजोलियाँ दौड़ पड़ीं। उस पर सवालों की बौछार हो गई। उसे मालूम था कि वो कोई लंबा-सा ख़्वाब देखकर जागी है। और वो जल्दी-जल्दी उसे भूलने की कोशिश करने लगी। उसे पूरन का ख़याल तो आता था मगर इसी तरह जैसे बुलन्द आसमान पर चिपके हुए मुनव्वर[1] चांद का। चांदनी रातें उसकी आँखों में बुरी तरह खटकतीं! रामू की माँ के लाड फिर से शुरू हो गए और रामू भी बालों में चौगुना तेल डाल कर चलने लगा। वो ग़ौर से उसकी भद्दी अदाओं को देखती और फिर उसे पूरन का साफ़-सुथरा चेहरा नज़र आता। वो बग़ैर तेल फुसैल के चमकते, निखरे हुए बालों के गुच्छे। वो खुशबूदार उजले हाथ और ख़ामोश इल्तजाएँ और कहाँ ये अचार की शक्ल के चिपके हुए बाल 'खुरदरे' बीड़ी की बू में बसे हुए हाथ और नंगी-नगी ख़्वाहिशें। लेकिन अगर मेंढकी बुलबुल से आँख लड़ाने लगे तो सब यही कहेंगे कि उसे शदीद जुकाम हो गया।

"पूरन की तबीयत ख़राब होती जाती है।" अरूप ने उसे शांता और महेश का ड्रामा बताए बग़ैर कहा, "माताजी अकेली हैं। तुम्हारी भाभी।" वो शर्माये।

"बहू तो अच्छी हैं, अरूप भैया।"

"हाँ...मगर...पूरन की तीमारदारी के लिए।"

"मुझे जाने में तो कुछ नहीं...रामू की माँ को ज़रा कम दिखाई देने लगा है।"

आशा बहाने कर रही थी। आख़िर जब बहू जी मौजूद थीं। और दुनिया में नौकरों की कमी नहीं। तो फिर आख़िर वो क्यों याद आई। आम खाए कोई

---

1. रौशन

और पात गिने आशा।

"बहू तो...वो मैके गई हुई हैं।"

"अच्छा?...क्या कोई...उम्मीद है।" आशा के दिल में चोट लगी।

"हाँ...वो उनकी माँ बीमार है।" अरूप सटपटाया, "तुम घर चलो सब मालूम हो जाएगा। आशा।" वो कुछ कहते-कहते रुक गए।

जब पूरन को मालूम हुआ कि आशा आ रही है तो वो झल्ला उठा।

"भाभी...ये तुम लोग कब तक मेरे संग खेलते रहोगे। तुम मुझे चैन से मरने भी न दोगे।" वो बड़बड़ाया। लेकिन भाभी ने उसे ऐसे अंदाज़ से देखा कि वो चुप हो गया। शाम को उसका बुख़ार और बढ़ गया वो घबरा-घबरा कर बुराने लगा।

"कितनी आग है...लाल लाल... भाभी लाल परदा हटा दो ये लाल फूल काटते हैं दिल को। चमकी से कहो मेरा सर घूम गया। इतनी जल्दी-जल्दी न नाचे...उससे कहो मेरी दराज़ खोले। वो नहीं आएगी वो क्यों आएगी। क्या मैं उसे खा जाऊँगा।"

वो आप ही आप मुस्कुराता। दुबली-पतली लड़की से इतना काम न लिया करें। भाभी...माता जी से कहो उससे इतना काम न लें।

"चुप हो जाओ पूरन डाक्टर कहता है इतनी बातें नहीं करनी चाहिए।" भाभी डर जाती है।

"डाक्टर तो उल्लू है, वो क्या जाने। पाजी कहीं का। मुझे बोलने नहीं देता। भाभी वो मुझे देख कर क्या कहेगी। उससे न कह देना बीमार हूँ। सुना वो क्या कहेगी।"

"आशा आ गई है, पूरन।" पूरन के मुर्दा चेहरे पर शर्माने से सुर्ख़ी दौड़ गई। भाभी उसे छेड़ रही थी। आज उसे आशा के ख़याल से कितनी प्यारी शर्म आ रही थी। मालूम होता था मरा हुआ जी हल्की-हल्की गुदगुदियों से जी ही उठेगा। उसने एक बार अपने सुखे हुए हाथों को देखा। कितने बदवज़ए हो गए थे। मगर ये पैर क्यों चिकने और तन्दुरुस्त हो गए थे। उसे अपनी पतली-पतली टाँगों में ये तंदुरुस्त पैर बहुत बुरे लगे। उनकी तंदुरुस्ती किस क़दर घिनावनी थी। पीली-पीली पीप के रंग की, जब भाभी चली गई। उसमें जान आ गई। ये भाभी बहुत शरीर थीं। वो लड़खड़ाता हुआ आइने के पास पहुँचा। लेकिन उसके ऊपर जैसे छत टूट पड़ी। सूखा मारा क़ब्र का मुर्दा, जैसे किसी दीवाने

की लाश निकल खड़ी हो। वो शरारत जो आशा के ख़्याल से उसके चेहरे पर नाच रही थी मरघट की भूतनी की तरह उसे और भी भयानक दिखाई दे रही थी। वो ग़ौर से कुदरत की इस कारीगरी को देखने लगा। डरते-डरते उसने सूखी हुई कनपटियों और गर्दन की रगों को छुआ। मेज़ पर कितनी सिंगार की चीज़ें रखी थीं। मगर एक भी तो उस मुर्दे को सजाने के लिए अच्छी न लगी। उसने कंघा उठाया मगर वो बालों से न लड़ सका। बाल और भी ज़्यादा वहशी और घने हो गए थे। दरवाजे पर खटका हुआ और वो जल्दी से मुड़ा।

आशा ने बमुश्किल उस भयानक मुजस्समे को देख कर खुद को रोका। लेकिन वो उसे लड़खड़ाता हुआ देखकर जल्दी से लपकी। उन सूखे-सूखे हाथों ने उसे भूखे दरिन्दे की तरह जकड़ लिया और सूखी पसलियाँ गुट्ठल छुरियों की तरह उसके सीने में घुसने लगीं। उसने एक बार अपनी ताकत उसे संभालने में लगाकर पलंग के करीब किया। पूरन समझा वो उसे अलग कर रही है। और वो वहशियों की तरह उसे भींचने लगा।

ये वही पूरन तो था जिसकी उँगली भी अगर आशा से छू जाती थी, तो उसके जिस्म में आग भड़क उठती थी। और उस आग में वो तमतमा जाती थी मगर आज जैसे कोई बर्फ़ के कोड़ों से उसके सारे जिस्म को धुन रहा था। मगर आज वो सब कुछ भूल कर बेहयाई से लिपट गई। नाज़-नख़रों का वक़्त बीत चुका था। उसने उसके सूखे मरे हाथों को कलेजे से लगा लिया। और उसके ख़ाली ढोल जैसे सीने में मुँह धँसा कर उसमें गर्मी ढूँढ़ने लगी। उसे महसूस हुआ जैसे इन हड्डियों के पिंजर में इंजन चलना शुरू हुआ दबी हुई घुटी-घुटी गर्मी। एक खामोश शोर। आतिश फ़िशाँ[1] पहाड़ के दामन में जैसे पिघली हुई आग चिंघाड़ती हुई ज़ख़्मी बिल्ली की तरह और फिर ज़लज़ले जैसे झटके जिन्होंने तख़्ता लौट देने का इरादा कर लिया हो। एक झटके के साथ निज़ाम दरहम बरहम[2] हो गया और आग बह निकली। वो चौंक कर उठी उसका सर घूम रहा था। जैसे किसी ने बहुत-सी चकफेरियाँ दे कर उसे चटियल मैदान में छोड़ दिया। उसने सहारा लेने की कोशिश न की। जल्दी से उसने कमरे की कुण्डी चढ़ाई और मेज़ पर से सीने पर मालिश करने की पूरी शीशी हलक़ में उंड़ेल ली। थूकती, खाँसती वो जल्दी-जल्दी बिस्तर को दुरुस्त करने लगी। उसने सारी कुर्सियाँ और मेज़ें पलंग के चारों तरफ़ घसीट दीं। फिर जल्दी-जल्दी अलमारियों में से कपड़े निकाल-निकाल

1. ज्वालामुखी 2. अस्त-व्यस्त

कर उन पर फैला दिए। बीच की दराज़ में जो उसने हाथ डाला तो जैसे उसे साँप ने डस लिया। सूखे हुए सुर्ख फूल अब भी सफेद कपड़ों में दबे रखे थे। उसने बड़े आहिस्ता से एक-एक परती उठाई और उन्हें पूरन के सीने पर रख दिया। कोने से रात को धीमी रोशनी देने वाला लैंप उठा कर चारों तरफ़ तेल छिड़का और फिर वो एक नई दुल्हन की तरह सेज पर चढ़ गई। ओह...शर्म की तो फुर्सत भी न थी। उसे इस मुर्दा ख़ून के लुआब से घिन भी न आई जो उसकी ठोड़ी पर बह आया था। कोई उसका कलेजा काँटोदार नाखूनों से छील रहा था। हाथों की शक्ति जा रही थी। उसने दियासलाई ले कर चारों तरफ तेल में आग लगा दी। और पूरन की आग़ोश में लेट गई। उन्हीं सूखे हुए फूलों के पास जो उसके सीने पर लाले के तख़्ते[1] की तरह लहलहा रहे थे।

●●●

---

1. एक क़िस्म के सुर्ख़ रंग के फूलों का गुच्छा